Título original: 'بيجمان "الذي رأى نصف وجهها
Copyright © 2015, Belqees Mulheim
Published in agreement with Harfsa Agency

EDIÇÃO Felipe Damorim e Leonardo Garzaro
ASSISTENTE EDITORIAL André Esteves
TRADUÇÃO Nisreene Matar
ARTE Vinicius Oliveira e Silvia Andrade
REVISÃO Mara Magaña
PREPARAÇÃO André Esteves

CONSELHO EDITORIAL
Leonardo Garzaro
Vinicius Oliveira

Dados Internacionais de Catalogação na Publicação (CIP)

A452b
    Mulheim, Belqees
        Beijaman: "Quem viu metade do rosto dela" / Belqees Mulheim; Tradução de Nisreene Matar. – Santo André-SP: Rua do Sabão, 2025
        Título original: 'بيجمان "الذي رأى نصف وجهها
        184 p.; 14 × 21 cm
        ISBN 978-65-81462-89-5
        1. Literatura na Arábia Saudita. 2. Romance. I. Mulheim, Belqees. II. Matar, Nisreene (Tradução). III. Título.

                                        CDD 892.736

Índice para catálogo sistemático:
I. Literatura na Arábia Saudita
Elaborada por Bibliotecária Janaina Ramos – CRB-8/9166

[2025] Todos os direitos desta edição reservados à:
Editora Rua do Sabão
Rua da Fonte, 275, sala 62B - 09040-270 - Santo André, SP.

www.editoraruadosabao.com.br
facebook.com/editoraruadosabao
instagram.com/editoraruadosabao
twitter.com/edit_ruadosabao
youtube.com/editoraruadosabao
pinterest.com/editorarua
tiktok.com/@editoraruadosabao

BEIJAMAN
Quem viu metade do rosto dela

BELQEES MULHEIM

Traduzido do árabe por Nisreene Matar

À minha filha Munira, que há quatro anos me fez uma
pergunta que no início
pensei ser passageira, mas que ficou na minha cabeça:
O que é o massacre de Srebrenica, ó mama?!!
De modo que este romance vem como uma resposta à sua
pergunta, que dirijo principalmente à geração que não viveu
aquela era sangrenta da humanidade.

Introdução

Você vai se arrepender quando ler este livro.
Você vai perceber que era tão incapaz quanto eu...
de fazer qualquer coisa...!

> *"Seja qual for o tamanho da sua tragédia, não passa de gastroenterite de uma menina bósnia chamada Amina Begovic."*
> — Vendedor itinerante de jornais

> *"Se os documentos não são suficientes para condenar Radovan Karadžić, então as lápides nos cemitérios são suficientes."*
> — Beijaman Deogaz Omardić, jornalista iraniano

> *"Qualquer ataque à Srebrenica é um ataque ao mundo, então se o mundo aceitar fechar os olhos para uma guerra, também fechará os olhos para um massacre...!"*
> — O general francês Morion

1
Caderno de bolso pequeno

Desta vez, o acaso me salvou da morte. Isso aconteceu apesar de engolir uma navalha enferrujada e trinta comprimidos sedativos. No entanto, esperava que esta fosse minha última tentativa de suicídio. E se voltar à vida, escreverei como a vejo desenhada diante dos meus olhos: uma lembrança das sensações do tempo, e das árvores que esticavam seus galhos se entregando ao outono. Sobre o caso Sabina e uma cidade que estragaram e desenraizaram sua memória verde, e a substituíram por lobos que devoram até as tranças de cabelo de suas meninas loiras.

Assim como fez comigo a cartomante assertiva que cuspiu em mim o seu presságio sinistro, quando a encontrei ao lado de fora da cervejaria Sarajevo Brewery, enquanto apontava seus olhos como flechas para minha alta estatura.

"Você está navegando no mar das trevas... Malditos sejam seus desejos, ó estranho."

Fiquei parado no meu lugar e não percebi ela roubando o amuleto da minha mãe do meu pescoço e fugindo com ele. Não consegui alcançá-la, seus passos derreteram rapidamente no ar quando me recusei a pagar cinquenta marcos.

Senti outra perda. Eu havia perdido o amuleto cuja presença senti ao tocar o seio quente da minha mãe, e ela o puxou sorrindo para mim enquanto eu mamava. Oh, ela roubou a minha boca, pois não pude chorar na hora...!

Na verdade, estou procurando um caminho escuro, úmido e estreito que só leva a uma mulher, que mora em um lugar desconhecido embaixo da terra ou sobre ela. Meus caminhos são pegajosos, apesar do sol que retoma, em mim, o seu despertar a cada dia. Tenho medo de bocas que escondem gritos e lágrimas das histórias. Nos papéis, que junto com as palavras, se revoltam contra mim, não posso escrever uma única linha para Sabina, pois a noite não pode ser branca. Há uma longa conversa entre nós, mas paira como uma nuvem sem chuva, incapaz de lavar nossos sonhos na manhã da realidade. Estou procurando os fragmentos de minha alma perdida em um porto deserto e a foto de uma linda garota que vive em meu pequeno coração há muitos anos. Ela é a mesma que queimou meus navios e apagou todas as formas de fugir!

Onde eu fujo dela?!

A primeira vez que a encontrei foi no ano de 1986, na casa de um velho amigo de meu pai chamado Othman Rachmanov, aquele bom poeta russo que realizava um salão literário em sua casa todos os finais de semana, embora morasse na cidade de Mostar, que fica a 631 quilômetros de Sarajevo. Ele era apaixonado por Sarajevo, que significava muito para ele, pois era sua capital cultural e particular. Ele era muito apegado ao rio Neretva, que o acompanhava na escrita de seus poemas para sua amante croata Eva, eles trocaram o primeiro beijo na sua margem, como ele escreveu em seu famoso poema *Nadimah Altut*. E por ser um amante dos anos sessenta, seu caráter tendia à calma e à firmeza de pensamento. Ele adorava ouvir melodias orientais dos dedos de meu pai, pois alegrava as suas reuniões tocando buzuq e santur,[1] que trouxe especialmente de Teerã.

Naquele dia chuvoso de 13 de dezembro, anunciei tanto meu novo nascimento quanto a minha morte. A morte estendendo-se até a profundidade dos olhos dela, nos quais eu residia, assim como sinto o perfume da sua memória sempre que a distância e a solidão me encontram. Foi como se eu pudesse sentir o gosto de seus dedos quando ela colocou a torta de maçã na mesa perto de mim e eu a aproximei da minha boca. Naquele momento me perdi nela. E quando derreteu na minha boca, senti que me resgatou do infinito, penetrando em meus pequenos poros. Eu tinha dezenove anos e ela foi meu primeiro amor. Assim como Othman e Eva. Fiquei encantado com sua pura beleza. Ela entrou no meu coração na ponta dos dedos sem pedir e iluminou minha escuridão sem precisar acender uma lâmpada.

Eu não queria revelar, mas meus lábios trêmulos revelaram a ela o momento em que a maçã nos seduziu. Eu me esgueirei sobre seu vestido corado com a sua timidez e expus tudo em mim.

— De onde vem todo esse néctar!? — disse a ela, quase arruinando a deliciosa paralisação de seus cotovelos pressionados com meus dedos. No entanto, percebi o Sr. Othman indo para a cozinha, tossindo muito depois de ficar um pouco bêbado e dizendo:

— Maldito seja esse tabaco ruim!

Tossiu mais até perdermos o nosso refúgio!

Ela escapou das minhas mãos, então fiquei atordoado e olhando para ela da janela da cozinha. Desenhando em minha imaginação uma heroína para uma história que talvez escreva amanhã. No entanto, a conversa do Sr. Othman com meu pai, dono de um tom alto e agudo, me fez perder o pensamento. Pois, escapou das minhas mãos a ponta da

---

1 O buzuq é um alaúde de pescoço longo com trastes relacionado ao bouzouki grego e parece com o saz turco. Santur é um instrumento de cordas percutidas, típico da música clássica persa.

história. Enquanto ele se lembrara de sua aparência ao olhar pela janela do meu quarto perto da praça Falakah Dome no meio de nosso bairro conhecido como Tahranpars, em Teerã. Porém, a minha cabeça estava observando Sabina mais do que meus olhos!

O Sr. Othman voltou à sala, falando meio inconscientemente:

— Desde 1977 não nos encontramos naquela cidade!
— Mas tentamos revelar nossos segredos um ao outro.
— Traga seu caderninho e escreva: O que você sabe sobre a garçonete Havana?

Eles caíram na gargalhada como dois amigos expatriados que se encontraram após uma longa ausência. Eu quis, naquele momento, voltar para ela como um estranho, carregando nas costas o pó da minha viagem, para lhe dizer: Olhe! Quão cruel é a expatriação, eu me acabei por você. E agora estou de volta. Jura por suas virtudes, vai me abraçar, Sabina? Ó beleza bósnia, que se parece com o rio Bosna. Oh, Ilidža,[2] o que me lembrou de você agora? Você se lembra da minha avó Fátima? Um dia, meu pai a levou até você para que suas águas curassem os pés dela. Você foi boa, e graças ao seu rio, ela estava completamente curada. Mas voltei e não há mais água no meu corpo.

Sabina está desaparecida desde o ano de 1993, e minha dor, que pensei que quebraria as rochas, se espalhou como penas! Eu sei que a praça Baščaršija perto da casa do Sr. Othman está fervilhando de vida e que os desgastados quatro anos se recuperaram apesar do coração cansado. Existem muitas lojas, restaurantes e cafés lotados de turistas. Aqueles que até gostam de visitar nossos cemitérios coletivos e tirar fotos com as lápides! No entanto, ainda me lembra das cachoeiras de sangue derramado e as cabeças com as quais o exército sérvio costumava jogar futebol à vista do mundo.

---

2 Uma estância termal famosa desde a época romana. Ilidža fica às margens de dois rios: Bosna e seu afluente Željeznica.

Que ironia de comparação! O burburinho dos meninos que jogam bola no beco próximo não apaga a dura memória. Eles nasceram depois da guerra, depois que as cabeças de seus pais ficaram grisalhas, pois foram forçados a sorrir diante das balas que rasgaram as suas filas no acampamento militar sérvio perto da aldeia de Simzovac.

    Como posso suportar olhar para o rosto do meu país ferido e ainda não ver o rosto da minha amada? E não saber seu paradeiro, como se eu caminhasse em um céu sem fim! Fiquei como um cego, jogado pela escuridão e pela luz ao mesmo tempo, e não entendo exceto as vozes que lamentam toda vez que uma nova sepultura de um ente querido é descoberta. Não tenho casa, nem rua, nem amigo. É a tristeza que relincha em tudo e cria a escuridão para os pássaros voarem. Esta tristeza se transforma em colheres colocadas na boca dos recém-nascidos. Ela é capaz de nos dar uma nova vida, mas ainda assim cria um grande hospital e dá a cada um de nós seu próprio leito, para tomar a liberdade de esmagar a própria alma, e dá a sua própria janela de onde libera as suas lágrimas queimadas.

    Não há ninguém em Sarajevo que não tenha uma história triste. Por mais calmos que eles finjam estar diante de rosas, rios, pontes, pomares, camisas úmidas, belas mulheres e boas velhinhas. No entanto, todos esses vão deixar em você um incêndio após o outro. O que significa, então, morrer sem barulho?! Sem lenços coloridos?! Mesmo as roupas de luto quando as encontramos nas sepulturas, as encontramos sem seus donos, igual a um peixe morto! E quando amanhece, todos os dias, nos chocamos com nós mesmos! Fujo para dentro de mim, mas só encontro uma nova expatriação que me acompanha onde moro. Quando dou mais passos em outro lugar para procurá-la, e suspeito que posso ter me desviado do seu paradeiro, vomito todas as minhas feridas.

    Vejo-me carregado no ombro de uma menina triste como eu. Minhas costas estão apoiadas na porta do boteco ao lado da praça. Como se estivesse ouvindo meu ruído. A sua voz treme ao dizer:

— Muito provavelmente você está doente de cansaço!
Eu não respondo, choro até minhas lágrimas ficarem secas, então ela chega perto de mim para enxugar. Estou tentando dizer a ela palavras compreensíveis, mas estou delirando:
— Seus lábios estão entregues! E eu estou entregue aos lábios dela, então não tenha medo de mim!
— O que você está dizendo? De que você está falando? De quem? Na verdade, você está cansado e o seu delírio é a prova disso...
— Diga-me, ó...
— Yasmina.
— Para onde foram os sobreviventes de Srebrenica? Eu quero perecer junto com quem eles choraram...
Ela gentilmente puxou o braço debaixo da minha cabeça para enxugar uma lágrima que escorria por seu rosto, rosado como uma gota de orvalho, e revelou seu braço fino, percebendo que eu era um dos lunáticos que vêm aqui em busca de suas vítimas desaparecidas. Posso não ser o primeiro maluco que ela encontrou:
— Olha, é uma tatuagem que meu tio que estava me criando fez, ele me tatuou para me reconhecer se nos encontrássemos depois da guerra em um dos abrigos e nossos nomes se perdessem! Então ele me entregou para um amigo seu e se apressou em fugir para a Macedônia antes de sitiarem Sarajevo. Quando a guerra acabou, voltei para cá, mas a tatuagem não me ajudou. Meu tio era uma das vítimas desaparecidas até agora e sua família se recusou a me apoiar depois que migraram para a Alemanha. Desculpe, queria ajudar você, mas trabalho em um restaurante turco perto do Lago Yablanica, então preciso pegar o trem.
Ela se afastou alguns passos e disse: *vidimo se*.[3]
E eu respondi o mesmo:
— Adeus...

---
3 Expressão em croata que significa "vejo você".

Ela desceu rua abaixo sem me acordar do meu delírio, mesmo com um leve chacoalhar de ombros. Eu me pergunto: Ainda sou a mesma pessoa que todos os dias arrasta seu corpo até o centro de desaparecidos, para ficar no cruzamento da rua que o chafariz divide em duas partes iguais em beleza e tristeza? Tudo o que resta é o velho mercado no fim do túnel. Ando como um mendigo estendendo a mão e pedindo: Sabina, por favor! Ninguém dá a mão. Estou pensando em caminhar até a casa de repouso. Posso encontrá-la lá, pois eu envelheci e você é apenas três anos mais nova que eu.

Todo mundo lá volta ao passado. O passado que não foi poupado da destruição de lares de idosos pelos sérvios durante a Guerra dos Quatro Anos.

Mas é o primeiro dia de março. É o Dia da Independência, e o homem que me cumprimentou com suas roupas coloridas e suas cestas cheias de flores, doces e longas fitas de balões, não estava preparado para me levar até a casa de repouso, nem mesmo descrever o caminho até lá. Ele estava colocando um pequeno apito na boca e cantando, então desapareceu na multidão...

Um bando de pombos pousou perto do chafariz, em torno do qual meninas passeavam, trocavam segredos e mergulhavam os pés nele. Essas apaixonadas não são muito diferentes daquelas que estavam nas filas do pão e dos abrigos! Ambas trocam os segredos do coração!

A situação não era muito diferente: aquele jovem de trinta e poucos anos que se sentava no café Tito's cantando, para os apaixonados, aquelas canções populares sentimentais.

Foi encontrado enterrado e cortado longitudinalmente. Preciso dizer o quão estúpido fui quando olhei para metade do rosto dele? Será que era uma visão para os meus olhos, que apertei com a ponta de um xale, que uma das mulheres chorando jogou em mim, com uma garganta untada com o óleo de Deus! Ela me aconselhou a tirar os óculos, mas eu não respondi! Muito provavelmente, seu fim não é diferente do fim do amor, da paixão, da tristeza e do pesar. Então os bósnios inventaram o "amor triste": Karasevdah.

    Como sinto compaixão por mim mesmo, mas há alguma utilidade em descrever a enormidade do que aconteceu comigo? Contigo! Conosco! Neste tempo cheio de cicatrizes, se olhasse para trás, não encontraria nada além de uma casa destruída e uma árvore tentando o machado a derrubá-la. E o jarro de perguntas transborda à medida que o fogo aumenta. Até a velha me expulsou do bar e disse: Você é um atrevido falador! Aqui está o endereço. Quando peguei o pedaço de papel, parecia ter sido mastigado pela boca de uma vaca! Maldição...

    Descobri que aquela velha maldita era a mesma cozinheira sérvia da casa de repouso. A mesma destruidora das almas daqueles que esperavam a morte. Sem que os seus apelos abalassem a compaixão da artilharia sérvia!

    Ah, Sabina, era você quem abalava tudo em mim!

    Na casa do Sr. Othman, aconteciam encontros rápidos, que posso descrever como relâmpagos, pois a mãe dela visitava a esposa dele e ela a acompanhava para ajudá-las a preparar o famoso prato de Sarma.[4] Naquele dia, a Sabina não apareceu e fiquei sabendo pela mãe dela que ela estava doente, então resolvi comemorar com ela! Significa deitar-se com ela na cama, longe do barulho dos utensílios e do cheiro da cozinha. E ver a última estrela adormecer sobre nós, porque descobriria com os dedos o lugar da dor. Mas ela parecia silenciosa e sem palavras diante daquele furacão calmo, já os meus dedos estavam sentindo-a em todas as direções:

— Aqui, minha linda?... Ou aqui, minha linda?
Não respondia.
— Bom. Então aqui?

    Seu peito sobe e desce, em seguida ela expira intermitentemente. Como se ela quisesse dizer: Acima da árvore há uma pequena cabana onde não mora ninguém. Quase acreditei nela e fui.

---

4 Charuto de uva ou repolho.

Mas eu estava com medo do caçador que caminhava com cautela pela floresta. Ou melhor, imaginei um melro abatido nos ramos da mesma árvore!
Como posso imaginar esta noite fictícia!
Lá, depois que o caçador saciou sua fome. Depois dos anos que nos envelheceram, embora só tenhamos nos encontrado duas vezes, a última foi dois anos antes da guerra, em 1990, e desde então temos orado, um pelo outro, por aquele dia que nos reunirá.

Desde que deixei a Bósnia, tenho escondido nos bolsos o extrato da minha saudade da noite que me transformou num santo lascivo, devorando as suas vontades distantes e dançando com o meu desejo, enquanto os meus braços saltavam para desabotoar o seu silêncio, e me aproximava da camisa amarrada em torno dela, sem que expressasse a sua recusa enquanto ela ria. Maldita Sarma!... Eu bebia minha espera como drogas amargas, acreditando que quando acabasse os meus estudos, finalmente, voltaria para ela para que pudéssemos nos casar.

Mas descobri que não deveria ter confiado na árvore estéril para contar a minha história. Nem no rio seco, pedindo-lhe um barco para a outra margem. Nem na calçada onde joguei as pedrinhas da sorte, então elas rolaram pela rua, onde ficaram perdidas entre os pés dos transeuntes que vinham das suas algazarras!

Ah, o cheiro de Sarajevo, você lembra como pedíamos à lua, que fizesse a noite nos trazer a delícia do primeiro beijo? Olhamos o que escrevemos um para o outro sem temer que nos derretamos de saudade. Guardamos as lembranças de que sempre que o céu se enchia de nuvens risonhas, a chuva caía combinando com o nosso prazer.

"Ah, a ardência do frio. É como o fogo que minha mãe acende na lareira", lembro-me dela dizer isso enquanto meu peito apertava seu rosto branco sob a videira gelada. Quem pode me guiar até você? Meu corpo queima com uma cidade inteira perdida. E meu coração se parte por você! Não creio que sua irmã Amina esteja mais angustiada do que eu. Quando esgoto a minha alma em lágrimas, não encontro ninguém para abraçar além de mim mesmo, me abraço e peço que eu fique calmo. Abro meu armário para lamentar e chorar na sua camisa amarela. Eu a seguro como uma boneca adormecida em meu peito, depois a utilizo como uma ferramenta imaginária para cavar na terra e abrir uma janela! Eu gostaria de poder encontrá-la viva, mesmo que você estivesse coberta de cabelos grisalhos e seus ossos estivessem fracos! Minha boca está calada, mas do fundo da minha alma rezo para que minha vida seja multiplicada sete vezes para encontrá-la. Eu sei que vou adoecer na esperança! E os mortos vão rir de mim. E não há alívio para minha dor. Os acordos ainda estão acontecendo entre nós e os sérvios para identificar locais onde podem estar as valas comunitárias. Em tempos tranquilos, temos que fazer amizade com pás e ferramentas. Comer peixe sujo e beber vômito de cadáveres, o que desperta o desejo de cães e vermes. Os bárbaros enlouqueceram de alegria!

— É realmente muito doloroso para as flores viverem em cima dos cadáveres — disse um dos bons escavadores, que não antes de ter terminado a frase, o supervisor o cutucou e ordenou que continuasse a cavar sem falar ou comentar. Como se tudo fosse acabar tão rápido assim!

— Acredito que demoraria cerca de seis anos para descobrir o resto dos corpos, Sr. Wijvotadic — eu disse-lhe com raiva.

Com o cigarro na boca, puxou a fumaça com prazer e continuou fumando lentamente, dizendo:

— Os testes de DNA e a confirmação das identidades dos mortos voltarão a acelerar as buscas e os sepultamentos.

— Mas as missões civis internacionais estão bastante lentas. É inacreditável que só em Tuzla tenham encontrado apenas noventa corpos até agora!

— Os arquivos da KFOR[5] não estão disponíveis na sua totalidade, Sr. Beijaman, e as informações sobre os albaneses do Kosovo e o Tribunal Penal Internacional em Haia ainda são inacessíveis.

Afastei-me dele para respirar, pois o rosto de Amina me sufocava enquanto ela me implorava, como se eu fosse o anjo enviado de Teerã para procurar a sua irmã, Sabina, em um abrigo para os sem-teto ou talvez num antigo bar croata! Ela repetiu suas palavras enquanto chorava: "Eu não quero que ela esteja nesses buracos de lama".

Tirei a máscara azul do rosto, direcionando meu olhar para ela, mas rapidamente devolvi a minha atenção para um dos escavadores que gritou:

— Duas crianças... sim, parecem gêmeos lindos. Peguem dois sacos imediatamente...

Tudo correu como deveria. As sacolas foram trazidas, numeradas e colocadas em prateleiras de metal.

A missão do escavador terminou e percebi ele segurando minha mão para que pudéssemos descansar na encosta depois que ele me ofereceu um cigarro e eu rejeitei.

— Olhe para este grande buraco, é como um buraco causado por um míssil americano maldito! Com certeza encontraremos muitas pessoas da sua cidade.

— Incrível! Vocês são bons até em xingar!

Ele sorriu como um idiota.

— A América lidera a matilha de cães! Não se importe, Beijaman. Ainda não acabou. A perfuração é responsabilidade de funcionários municipais e associações das pessoas desaparecidas que foram treinadas em todo o Kosovo. Há um ano, encontraram muitos corpos nas cidades de Bac, Novi Sad, Sombor, Nis e também no Lago Peročac.

— Se você milagrosamente sobreviver, bom homem.

---

5 A Força do Kosovo (Kosovo Force ou KFOR) é uma força de paz internacional liderada pela OTAN (Organização do Tratado do Atlântico Norte).

Ele sorriu e se voltou para a equipe exausta. Enquanto a procura continuava todos os dias. Terminava um dia nublado com nuvens negras que me obrigaram a voltar para o meu quarto sem ligar para Amina e contar o resto do ocorrido. Aqui estou eu respirando novamente quando meu celular toca com a música de chamada que é o nosso hino nacional...

Meus olhos e minha janela estão entreabertos e o ar leve move as cortinas fechadas. Naquele momento percebi que a mousse havia desaparecido no meu intestino. E os comprimidos que engoli dissolveram-se milagrosamente no meu sangue! Então me aproximei da janela que dava para a ponte Kozia Chupriya, dormindo no tranquilo rio Milatska. Descobri pela primeira vez que o caixão que tinham passado carregando na frente do hotel há pouco tempo, vagando pelas ruas da Cidade Velha, não passava de um enorme cemitério que carregava no ventre mortos com histórias semelhantes. Os ventos lamentam por eles, e todos dormem. Enquanto um na procissão fúnebre cantava com um lamento que despertou a dor no coração: "Sinto meu cheiro no corpo da minha mãe".

Senti meu coração. Minhas costelas estão frias como uma janela de alumínio e meu rosto murcho igual ao da velha senhora de cabelos brancos, que está na frente da padaria popular, vendendo o resto das novidades do dia. Olho para ela me enxergando.

Abri minha agenda de couro italiano brilhante. Converso com o meu fantasma depois que minha expiração aumenta. Então, nela eu escrevi:

"Jogo fora seus pensamentos, todas as pistas não me levaram para Sabina..."

Sim, o ambiente era calmo, como se nenhuma morte tivesse ocorrido ou uma vida tivesse nascido sem que ninguém a celebrasse. Não mudou muita coisa desde que cheguei em Sarajevo. Estou sozinho com o corpo jogado neste hotel sujo. Pratico a loucura de procurar e me perder ao mesmo tempo, mas vou carregar o mar nos ombros como faz a vendedora de jornal. Não permitirei que o inferno me engula. Vou pegar emprestados rostos coloridos, mesmo que sejam da cor cinza e ficarei parecendo um mendigo. Vou me aquecer nas calçadas com um cobertor qualquer, e não vou implorar para que os malfeitores me ajudem.

O telefone toca novamente, despertando a consciência de que estou vivo ainda. Olho para o shawarma[6] que comprei ontem em um restaurante turco próximo, deixei-o esfriar sem empurrá-lo para os gatos que vagavam do lado de fora do albergue. Atendi o telefone e o entorpecimento da morte não me abandonou.

Tratava-se de Amir Ali Hikmet, o jornalista do jornal Dnevni List, que me contou a respeito da sua entrevista realizada pela Televisão Estatal da Bósnia, que será transmitida em breve. Eu não disse a ele que não queria assistir. Desliguei o telefone e fiquei embaixo do chuveiro, me sentindo como um pedaço de fogo que precisava ser apagado. Nada se compara à Amina, pois ela parecia partilhar comigo todos os meus movimentos, como se fosse um fio que pudesse ser traçado. Ela parecia uma esperança quando chorava, como se ela me confiasse, com seus olhos claros, sua jornada perdida.

Ela é como o meteoro perdido que causou esta chama. Outra prisão tirou minha liberdade. Tudo isso me faz ter medo de mim e dos seus apelos perdidos em todos os lugares enquanto ela grita:

"Vou envelhecer, Sabina, e não vou te encontrar!"

Os três meses se passaram bem rápido. Desde que cheguei aqui, tenho estado como um pássaro sedento pela luz do rosto dela. Embora eu tenha visto muitas pessoas que se pareciam com ela, as mulheres bósnias eram semelhantes em seus rostos brancos, olhos azuis e formas corporais. No

---
6 Famoso sanduíche árabe.

entanto, o foco de luz parece escuro e enrugado. Como um caminho e uma alegria sagazes, e uma máscara horrível pedindo pelo funeral em um obituário frio!

Nada me motiva a alegrar-me, no meio desta madrugada, para preparar uma matéria ou um artigo para enviar ao jornal iraniano Rozmaneh Arsalat, no qual publico sob um pseudônimo, ou mesmo para procurar nos arquivos os residentes de Sarajevo que fugiram para seus túmulos entre os anos 1992 e 1995.

Apesar da sua ascensão, oh Sarajevo, tento capturar a memória de suas belas fotos, pois você só é vista estando em suas colinas cheias de jasmim, ou em suas pontes lindas, ou nos telhados de seus edifícios erguidos em seu lado oeste. Ao retornar com uma rosquinha que comprei de um garoto ambulante, me pergunto: ter você é como ter um ovo num cerco militar no meio de uma guerra, obtido por sorte?! Por isso, tenho medo de ficar sempre diante da imagem dela de mãos vazias. É como se ela dissesse: Venha me salvar do cheiro de lama!

Mas tudo ao nosso redor são destroços e nada nos ouve.

Ok, Sabina. Vou agora escrever o primeiro capítulo das minhas memórias para o jornal que me convidou a escrever uma série que publicará na sua página cultural — É assim que imagino —, então venha antes de mim para examinar a localização da dor: aqui?

Sim, aqui...

2
Lembrança de Raylovats

Vocês esperam que eu lhes dê rosas, quando perdi minha casa?
Sim, há muitas rosas aqui. Porém, elas foram torturadas com água! Afundaram, e o caminhão não as ajudou quando as pegou, mortas! Portanto, estou derrotado e escrevo com o coração disperso. Posso machucar meus dedos, então não posso colocar as palmas das mãos no rosto para abraçar as minhas lágrimas. Este é um hábito do qual não posso prescindir enquanto viver na Bósnia! Elas, as minhas lágrimas, me expuseram quando parei na área de Raylovats, por onde passei com dificuldade, pois há muita aglomeração em seu mercado, especificamente na área de Stoob. Isso me lembra de "observar", um costume social que posso chamar de observar o céu. Lembro-me que um dia o meu pai me levou à inauguração de uma mesquita que tinha sido anteriormente demolida pelo movimento pró-nazi croata Ustasha[7] durante o seu ataque contra a Bósnia e Herzegovina. Atravessei o mercado com a minha ferida, que oprimi, procurava um

---
[7] O Ustasha era um partido nacionalista croata de extrema-direita que foi colocado no poder de um Estado falso criado pelos nazistas durante a Segunda Guerra Mundial.

homem chamado Amin Alik, que trabalhava nesta área há vinte anos na indústria de tapetes. Senti que a minha alma estava fluindo pelas minhas mãos, mas ainda assim estava cauteloso com o fim dos caminhos. Receio que o que procuro seja um túnel bloqueado. Até os meus batimentos cardíacos quase escapavam das minhas extremidades.

Quem vai devolvê-las para mim se elas saírem sem voltar?!

Vi alguns dos sorrisos dos vendedores e compradores. Porém, passei entre eles, fazendo ouvidos moucos aos chamados dos vendedores e dando à minha voz rouca uma garganta pronta para ouvir o seu testemunho, pois eu ouço com a minha garganta depois que perdi a audição e os traços faciais. Sempre questionei o silêncio da noite e não ouvi nada além do barulho do peito que dizia: Ó coração ansioso, esta é a cidade que procuras. Então eu lhe respondia: Depois que terminar a dor pela procura por ela, você, minha cidade, me matará duas vezes. Tem coisa pior que essa dor?

Alik me chamou, sorrindo.

—Venha... por apenas trinta marcos!

Estreitei meu olhar enquanto parava na frente dele. Há um brilho puro em seus olhos, apesar da idade avançada.

— Você é o Sr. Alik?

— Como você me reconheceu? Você tem sorte, não há mais ninguém nesta área com este nome! Parece que você não é daqui, jovem bonito.

— Sim, porém sou de origem bósnia. Eu vim do Irã procurando pela minha amada que perdi na guerra da Bósnia e não consegui encontrar uma pista que me guiasse até ela. Até saber que ela trabalhava com você na sua fábrica.

— Havia tantas pessoas que trabalhavam na minha fábrica que mal me lembro delas. Quem é que você está procurando, ó pássaro?!

— Sabina, o nome dela é Sabina Izetbegović.

Ele suspirou um pouco e respondeu:

— Sabina?! O nome dela não é estranho para mim. Sim, eu me lembro dela, aquela bonita. Lembro-me de perguntar sobre ela à amiga croata Jordana Ivankovic, pois havia francos que Sabina não tinha recebido. Achei que ela sabia algo. Ela acompanhava a Sabina até a fábrica todos os dias, mas ela balançava a cabeça com pesar! Ela sobreviveu aos massacres e veio até mim depois de dois anos pedindo seu salário, depois foi embora quando não encontrou emprego comigo, pois eu havia demitido todos os trabalhadores da fábrica depois que ela foi destruída na guerra. Também migrei para Livno. Ah, não me lembre de Livno! No cruzamento das ruas Gabriel Jurkic e Marko Marulic, as cordas do meu grito foram cortadas. Eu também perdi a minha mulher quando parte da Mesquita Čorčenica, que foi destruída pela artilharia croata, caiu sobre ela. Olhe para mim — ele tirou as mãos do bolso para enxugar as lágrimas.

— Me tornei um vendedor ambulante entre Sarajevo e os seus subúrbios para alimentar os meus cinco filhos — então ele se abaixou como se quisesse arrancar uma erva daninha que havia crescido no túmulo de sua esposa! Suas lágrimas não conseguiram se esconder. Dei um tapinha em suas costas e disse em voz baixa, sem olhar para ele:

— Nós dois deixamos o jardim aparado, e quando olhamos para trás, encontramos a noite atacando-o ferozmente...!

Apoiei o vendedor gordo, cujo rosto brilhava em suas mãos, enquanto ele chorava. Virei de costas para ele para que não ouvisse meus soluços. Naquela hora, desejei correr até Sabina e abraçá-la. Nós dois tossimos simultaneamente. Alik e eu tossimos com as lembranças que absorveram a primavera, e o nada ficou no seu lugar. E com as rosas que foram moídas com sangue e pólvora... então como posso dar rosas a vocês, queridos leitores? Não consigo me livrar de todo esse tormento...!

Virei-me para ele e descobri que ele havia tirado uma pequena carteira debaixo da mesa e ao lado dela havia dois pedaços de pão. Ele segurou minha mão e disse:

— Vamos esquecer um pouco. Diga "em nome de Deus". É o meu queijo favorito, Travnički sir.[8] Na semana passada, estive na cidade de Travnički. Tenho lá um amigo georgiano que trabalha nas montanhas Vlašić e ele me deu muito queijo. Não provei na hora e estava prestes a voltar de mãos vazias para o lugar de onde vim. Mas ele queria brincar comigo: "Diga-me, você ficaria bravo comigo se eu dissesse que Sarajevo é mais bonita que Isfahan?!".[9] Sorri para ele e perguntei: "Você já visitou Isfahan?". Ele me respondeu: "Temos meio mundo e isso nos basta". Pela primeira vez, eu sorri desde que vim para Sarajevo e lhe disse: "Você tem que perguntar aos próprios armênios, porque continuo sendo o bósnio teimoso!".

Não fiquei muito tempo com ele. Nos abraçamos e então ele se despediu de mim com orações silenciosas. Procurei algo lindo para comprar para Amina, aquela que compartilhou meu tormento enquanto eu procurava sua irmã, como se ela acordasse comigo todos os dias com o coração partido.

Por acaso, encontrei uma obra-prima de uma casa feita de tijolos coloridos, com portas e telhado quebrados. Então comprei de um vendedor de *souvenirs*. Expressão da minha indignação!

---

8 Queijo branco salgado feito de leite de ovelha.
9 Cidade no Irã.

3
Ronco dos ossos

"Quando temos dificuldade em encontrar o local exato, como se perguntássemos sobre um restaurante ou um cinema, perguntamos: Onde fica a vala comum?"
— Jamal Hussein Ali

"Minha dor aumenta à medida que a humanidade ronca mais alto."
— Hassan Mutlaq

Desliguei o telefone com o guia, Ibrahim Mahinitch, depois que ele me prometeu que o caminho que teríamos pela frente seria longo enquanto procurássemos uma pessoa desaparecida.

— Você verá com seus próprios olhos como as cerimônias de morte e de vida são iguais.

Com esta frase ele encerrou seu discurso. Joguei fora o cigarro que acabara de acender. Ele estava frio, mas pisei na sua ponta com toda força.

Levantei-me e tentei despertar um pouco da minha resiliência, pois temia tanto o corpo de Sabina quanto a presença dela viva e desaparecida.

Sentei-me num dos cantos do Bristol Café, pintado de castanho claro e com uns desenhos estranhos gravados, incompreensíveis à primeira vista. Interpretados como desenhos obscenos, como aquela cobra rastejante entre as coxas de uma mulher. No entanto, o lugar também estava cheio de estátuas felizes que ficavam no meio de seu amplo salão e recebiam seus visitantes enquanto derramavam água de suas bocas. Essas estátuas existem para nos ensinar que a imortalidade é apenas para elas, por causa de nossas vidas curtas? Pedi ao garçom que esperasse um pouco para que eu pudesse pensar no que pedir. Ele se afastou sem parar de olhar para mim, pediu a um de seus clientes que o esperasse voltar, caminhou em minha direção e eu senti seus passos lentos. Ele colocou o cardápio em cima da mesa e brincou comigo:

— A luz cobre as trevas, então remova o véu dela!

Não respondi, acho que ele sorriu e voltou para o primeiro cliente. Meu rosto estava cansado e dolorido. Em um momento, o enterrei nas mãos e chorei com um gemido baixo:

— Nada ali...

Eu costumava repetir isso para mim mesmo, esperando desesperadamente todas as noites que as personagens das minhas fantasias viessem até mim em meus sonhos. Queria descobri-las, mas o tempo era curto para que a face da morte me contasse o segredo da vida. Eu estava esperando por ela, mas ela não veio. Não tive escolha a não ser começar a orar gritando, o que não creio que os hóspedes do hotel tenham me ouvido de forma intermitente. Imagino as botas vermelhas de borracha de Sabina e me lembro do médico-chefe do Hospital Universitário de Sarajevo. Nós conversamos com ele sobre os membros artificiais dos feridos, a quantidade de caixões e cadeiras de rodas, sobre os restos mortais, para onde os levam? Então ele me trouxe um sapato de borracha

vermelho que parecia muito com o da Sabina. Tirou-o do armário do escritório e o beijou enquanto dizia:
— Esse par eu não posso perder, ele é da Mijra, a filha do padeiro Aziz Tukhman. Seu corpo foi exumado, junto com outros dezesseis, de um buraco de quinze metros de profundidade. Consistia em ossos pélvicos esmagados, presos em um vestido amarelo justo, bordado com linhas grossas e desbotadas. Naquela época, eu era médico visitante na cidade de Prijedor. Fiz parte da equipe médica nas comissões de busca de valas comuns. A vítima era do centro de detenção de Omerska. Acho que ela foi uma das primeiras a ser jogada na cova. Vi como o resto de seus amigos detidos começaram a chorar quando viram o vestido rasgado dentro de seus ossos. Eles se lembram de sua última cena na prisão de Omerska, onde ela estava usando-o, embarcando num ônibus sérvio que transportava mais de quarenta mulheres, com destino desconhecido. A comissão preservou tudo relacionado ao corpo, e eu levei um lado, o único, dos seus sapatos para sentir dele o cheiro do pão que Tukhman havia deixado de amassar depois de ser submetido a golpes severos que o transformaram em um velho encolhido, em quem tudo tremia.

Sempre me lembro de como ele dava pão de graça aos vizinhos sérvios, aqueles que ficavam sentados nas escadas de sua casa conversando com os vizinhos sobre a colheita do trigo e das ameixeiras! Eles próprios pediram-lhe que emprestasse algumas malas para que pudessem fugir para um subúrbio seguro da Croácia. Os soldados sérvios disparavam para o alto, ameaçavam verbalmente os residentes e insultavam as mulheres. Tukhman acreditou neles e embarcou com sua família em um ônibus marcado como "Ônibus Estudantil", mas não encontrou ninguém nele. Todos foram levados, exceto sua filha pequena, para um quartel militar de vários andares, contendo salas de interrogatório e outras de tortura. O seu vizinho sérvio foi um dos soldados que lhe amarrou os pulsos! Implorou, mas ele respondeu a sangue frio:

— Matamos duzentos muçulmanos até agora. Nós trouxemos você aqui para lavar a parede imunda do seu sangue e para cavar trincheiras para o enterro!

Suas lágrimas e espanto não o ajudaram a libertá-lo, ele estava aterrorizado como um cervo recém-nascido. Em um pequeno armazém de madeira, Mijra se escondeu. Ela permaneceu vários dias com medo, sem comida, até que os soldados que ocupavam a casa a descobriram. Eles a levaram sozinha para o centro de detenção de Omerska depois de chutá-la muito... Lá, ela perdeu um de seus sapatos, o que está comigo agora!

Eu estava subornando o sono com comprimidos de Imovane. Ele tomou conta da parte superior do meu corpo. Comecei a me sentir mais pesado e os sons da agitação e dos artistas de rua do lado de fora do café desapareceram. Durante toda a minha vida aprendi a esperar, e foi minha única arma que me manteve um tanto quanto tranquilo. Mal conseguia medir o tempo. A noite negra combinava isso com meus longos dias. Coloquei-o na mesma sacola na qual meus devaneios eram alimentados. Este foi um hábito que a pequena janela de luz me obrigou a adquirir na minha cela, quando fui preso no Irã, no final de 1992. Fazia questão de fechá-la, pois o exterior alternava dia e noite, enquanto eu afundava o dia todo na mesma escuridão, vagando perdido nos mundos de Sabina. Talvez pudesse encontrá-la ou segurá-la, tocá-la e beijá-la nos lábios. Não consegui manter a compostura, mordi o canto macio da sua boca e, com os olhos abertos, saí do meu sonho e vi o rosto de Ibrahim Mahinich balançando meu ombro:

— Você está bem, Beijaman?

Revelei a marca da mordida e lhe disse:

— O importante é que ela deu os lábios a quem os merecem!

Ele me respondeu, com um meio sorriso, agarrando o meu braço:

— Não há tempo para sonhos: em frente ao café, um microônibus nos espera com destino à cidade de Foceia.[10]

Em uma das minas da vila de Milevna, descobriram cem corpos, e o lugar ficava a apenas 70 quilômetros de nós. Deixei na mesa alguns marcos que não havia contado e corremos juntos para entrar no ônibus. Fiquei na quinta fileira ao lado de Amina e me grudei nela por falta de espaço. Quanto a Ibrahim, ele estava sentado ao lado do motorista, uma vez que era o guia do cemitério.

O seu nome era Goran, da Croácia. Ele carregava a sua história no coração, uma história que partilhava a mesma dor com os muçulmanos da Bósnia, e quase ninguém o reconhecia até que ele lhe contasse. Perdeu a família, composta por mulher e dois filhos, no massacre do Hospital Vukovar, que ocorreu durante dois dias em novembro de 1991 e no qual 264 pessoas foram mortas, a maioria delas croatas. Os mortos refugiaram-se no hospital, mas as forças jugoslavas os retiraram e os entregaram às milícias sérvias, que os executaram após torturá-los. Goran preferiu jogar suas três vítimas no Rio Danúbio, ele fez isso em um momento de loucura que quase o matou quando saltou atrás deles, se não tivesse sido pego por um pescador que voltava de uma cerimônia fúnebre da sua irmã cega durante os mesmos acontecimentos.

Os passageiros apenas responderam cumprimentando-me. Eram dez pessoas com a mesma cara de uma beleza triste, mas ela te invadia com uma escuridão apenas olhando em seus olhos. Cada um deles carregava um arquivo, uma sacola ou uma bolsa, que devia conter alguma prova do desaparecimento de seus parentes. Minha única prova era a pergunta de Sabina, que ficava se repetindo para mim: Você chegou perto de mim? Então a escuridão deles me invadiu novamente. O ônibus era velho e a maioria dos passageiros fumava cigarros baratos, incluindo as mulheres, as que usavam calças largas, lenços coloridos e casacos pesados.

---
10 Cidade na Turquia.

Olhos azuis claros e outros pretos brilhantes, cabelos tingidos e rostos que não mostravam sinais de vida. A estrada estava cheia de buracos e encostas íngremes, e muitas vezes balançávamos e dizíamos em uma só voz: Oh Deus! Amina tremia à medida que nos aproximávamos da cidade de Foceia, onde já percorremos 100 quilômetros. Todos pareciam iguais, focados na estrada sinuosa. O motorista do ônibus foi o único que não perdeu o ânimo, apesar das costas ligeiramente curvadas, fumava um cigarro atrás do outro e cantarolava a música *Svdalinka*, que emanava de uma fita límpida, mas em volume baixo. Quase consigo sentir o cheiro das lágrimas misturado ao silêncio, o som da masbaha[11] cujas contas pretas eram esfregadas por um velho de cerca de oitenta anos.

Foi assim que me pareceu pelo tremor de suas mãos. Ele vestia uma camisa branca e tinha um barbante verde sujo amarrado no pulso trêmulo. À sua direita, estava sentado um jovem de trinta e poucos anos, com cabelos longos e barba curta. Ele usava um casaco curto e um tanto surrado. Soltei um suspiro das costelas. Não sei por que, justamente quando foquei meus olhos naquele jovem, o imaginei poeta, pobre e que sonhava em mudar o mundo, mas ele não tinha dinheiro para imprimir um livro. Um jovem, como eu, que estava procurando a utilidade da nossa respiração até agora. Todas aquelas, cujas lágrimas foram derramadas, eram mulheres que não conseguiram beijar seus desaparecidos no último adeus. A mulher gordinha, sentada no último assento estava suspirando e dizendo:

— Escutem, se falharmos desta vez também, uma hora não é suficiente para chorar, por favor, me deixem beijar a terra por muito tempo!

Ninguém comentou o que ela disse. Todos olhavam para as pontes, algumas das quais se mantinham fortes apesar dos mísseis, enquanto outras haviam caído no rio e não

---

11 Masbaha é um terço árabe com contas e pode ser colorido.

foram reparadas pelo anúncio do fim da guerra. Como se dizia: As pontes nos fazem sentir seguros e prontos para chegar! Sozinho, me virei para ela e disse em voz baixa:

— Esperar é a nossa primeira tarefa neste longo caminho e espero que seja o último. A guerra não nos matou, minha senhora, mas matou em nós o que tínhamos de mais lindo e apunhalou a nossa fé na vida!

O tempo passou devagar, mas estávamos quase chegando ao local exato, que se acreditava ser perto de um acampamento montado para estuprar mulheres bósnias e depois enterrar seus corpos junto com os de exilados de aldeias vizinhas em uma antiga mina. Em frente a ele, foi construído um novo prédio, equipado com um dispositivo que equilibrava a temperatura para acomodar suportes, prateleiras, bandejas metálicas e utensílios de esterilização. Um lugar que podia acomodar mil cadáveres, onde só se ouvia o eco das esteiras de ferro e os murmúrios de jovens vestidos com roupas brancas compostas por aventais largos e capuzes bem justos. Eles entram no túnel, que tem cento e trinta metros, com carroças vazias, as empurrando carregadas de corpos inteiros, de caveiras e de tudo que, por meio do qual, a identidade dos mortos pode ser identificada.

Eles os colocam em sacos plásticos brancos com lama grudada e cheiro de terra molhada. Com trabalho diligente, continuam empurrando os carrinhos e descarregando. Quando chegamos, eles haviam terminado de retirar 845 corpos, mas o processo de exumação ainda não havia sido concluído. Apenas noventa corpos foram identificados até o momento, o que era um resultado decepcionante. Então o inspetor comandante ordenou que esperássemos do lado de fora do salão em cadeiras de madeira dispostas para nós e para os outros. Dois ônibus se juntaram a nós e pararam no mesmo local. Eles vinham de aldeias localizadas perto de Montenegro. Estávamos todos chorando de horror com a visão, como se estivéssemos em um vale de lágrimas. Especialmente depois de ficarmos um tempo na fila olhando as fotos que estavam penduradas em uma placa do lado de fora do salão. Eram fotos dos esconderijos que os sérvios haviam conseguido criar. Observamos roupas e itens colecionáveis, como braçadeiras e pilhas de pares de sapatos, que a equipe encontrou durante a busca. Mas nenhum deles pertencia a Sabina!

Embora a equipe tivesse completado parte de sua missão, a pessoa chamada Hasso Mahinc, um dos trabalhadores do Comitê Internacional para Pessoas Desaparecidas na Iugoslávia, distribuiu questionários de pesquisa para que os parentes das vítimas pudessem ser convocados para coletar amostras de sangue para serem comparadas com as mesmas amostras retiradas dos corpos, por meio de DNA. Atualmente, este laboratório está localizado na cidade de Tuzla e não existe outro. Amina preencheu seu formulário. As minhas perguntas eram como as batidas nas portas dos visitantes noturnos, ou como o sangue nas paredes que os criminosos deixavam nas nossas casas e celeiros, que estavam cheios com os corpos das vítimas. Vítimas que desapareceram e ninguém pode encontrá-las.

Amina parecia tranquila, de uma certa forma, e eu pensei que sim. Ela começou a tremer, abaixou a cabeça até meu ouvido e sussurrou: "O lugar está ficando tão estreito quanto minhas pupilas".

É possível que os corpos pertencessem a homens que foram vistos sendo selecionados para serem mortos depois de terem testemunhado o estupro da maioria das mulheres do campo à sua frente. A OTAN[12] descobriu o cemitério deles não muito longe daqui através de um satélite americano, por isso os sérvios tentaram apagar as provas escavando as valas comuns e as transportando para cá, para a mina. Foram vistos usando caminhões de lixo, virando os corpos e os misturando para torná-los difíceis de identificar. Ela apoiou a cabeça no meu ombro e ficou em silêncio para que alguém nos chamasse para esta ressurreição, que se repetirá mais de uma vez em nossas vidas...

---

12 Organização do Tratado do Atlântico Norte.

Os ossos se multiplicam como vermes. Mas sem sucesso! Alguns cadáveres foram recolhidos na floresta das montanhas, ossos de famílias inteiras que fugiram das suas aldeias através das montanhas, foram mortas e não tinham outra identidade para carregar a não ser os seus corações que tremiam com um vislumbre de vida. Estes continuarão a fazer parte dos desaparecidos e do livro do esquecimento. Onde seus ossos foram expostos à chuva, aos lobos e à escuridão, o resto deles se decompôs e outras partes se misturaram para formar uma pessoa inteira, então foi colocado neles uma marca. BP.

Uma passageira do nosso ônibus teria tido sorte se o nome do marido dela não fosse igual ao nome do marido de Yasna Malach, que estava no outro ônibus. Yasna implorou ao marido, chamado Amin, que fugisse com ela para Sanski Most, onde morava sua irmã Rashida, que possuía um enorme prédio e fazendas com o marido, mas ele preferiu ficar em sua casa. Ele esperava que a situação se acalmasse e que o retorno de Yasna com seus quatro filhos ocorresse muito em breve. No entanto, seu nome apareceu em uma lista que estava nas mãos de uma gangue sérvia. A maioria dos homens procurados foram levados em um carro preto, conduzidos diante dos olhos do exército, e nenhum vestígio desses homens foi visto depois disso. Yasna, que havia superado seu medo da morte, pegou dois crânios há um ano em um dos armazéns de Sanski Most enquanto examinava o tamanho das cabeças de seus gêmeos, Muhammad e Yassin, que estavam entre os 200 corpos alinhados do lado de fora do armazém em uma área de 400 metros quadrados, todos mortos em um massacre de limpeza étnica na área próxima de Prijedor. Yasna abraçou os dois crânios depois de sentir seu perfume e sentiu as lágrimas fluindo de sua harpa de oração:

Em que terra desolada você dormiu?
Você estava com os olhos vendados?
Será que você não sabia o caminho para Sanski Most e deixaram na minha porta dois caixões que guardam vocês dois!

Você, Muhammad, estava regando as flores, por que elas não cresceram em seu túmulo aqui para que eu soubesse onde você está e visitasse você todas as manhãs?
E você, Yassin, o trigo do meu coração, a casa vazia está cheia de você e pelas santas palavras de Deus carregou as flores aos túmulos...
Ninguém poderia dizer a ela: pare!
Nossas forças falharam... nós que nos encontramos mais de uma vez em uma vala comum.

Yasna encontrou três membros de sua família, seu marido e seus gêmeos, e sua filha Ruqaya permaneceu na lista de pessoas desaparecidas. Ela não recebeu uma resposta satisfatória do comitê para enterrar seu marido e seus filhos na mesma cova devido à dificuldade do assunto, já que as duas sepulturas estariam distantes uma da outra. Ela repetiu com voz trêmula mesclada com longos beijos em sua imagem:

— Encontrarei seus ossos, Ruqaya. Vou encontrá-los...

Ela se afastou um pouco da multidão de familiares de desaparecidos e, sob um salgueiro gigante, sentou-se para fumar pesadamente, tentando não enxugar as lágrimas que se misturavam à neblina que descia aos poucos, até que seu rosto ficasse escondido de nós.

Janine Inez, um jovem de trinta e poucos anos, estava entre a equipe de pesquisa. Ele era o mais infeliz deles, pois suas feições pareciam mais velhas do que sua idade real e ele parecia estar na casa dos cinquenta com rugas cinzentas. Ele era o jovem homem que perdeu seus familiares, que foram massacrados ao mesmo tempo. O que aumentava sua dor era que ele ainda não havia recebido o corpo de nenhum deles. O lugar onde uma sepultura é descoberta é a única luz no fim do túnel! O jovem Inez, com a ajuda da sua equipe, anunciou em setembro passado um novo cemitério contendo os restos mortais de 600 pessoas desaparecidas, todas elas de Srebrenica, mas que foram enterradas na aldeia vizinha de Potočari, que não fica a mais que cinco quilômetros de Srebrenica.

Ele se aproximou de nós e tirou a máscara e as luvas, nos consolando. Ele disse com uma voz e um olhar perspicazes:
— Sou biólogo. Comparei a amostra de DNA com registros dentários, roupas e outras evidências forenses tradicionais para dar a conclusão final e devolver os corpos aos seus donos. Consegui devolver 600 corpos a parentes. Nenhum deles é da minha família!
Amina começou a bater na cabeça com pesar, repetindo:
— Somos os mortos em vida!
Enquanto isso, a multidão que chegava se preparava para o enterro e orações pelas almas dos presentes que estavam ausentes. Durante o cortejo fúnebre, cabeças se aproximavam e o som do lamento ficava mais alto, suas roupas ficavam manchadas de lama e não havia sangue fresco para tocar! Abraços longos, beijos sangrentos e delírios que você mal conseguia entender.
Toda mãe tinha uma conversa particular com seu filho ou marido, e todo apaixonado tinha encontros românticos que havia preparado com a sua amada massacrada. Sepulturas do mesmo comprimento e adjacentes umas às outras, embora muitas delas contivessem apenas ossos esfarelados que, se colocados juntos, seriam do tamanho de uma cabeça. Um dos coveiros chamado Hassan, que era guarda de fábrica em Potočari. Na manhã de 9 de agosto de 1995, acordou com o cheiro do sangue dos trabalhadores massacrados e os encontrou reunidos e amontoados em um trator antigo de uma das fazendas, com o feno misturado a eles. Ele abriu os olhos e a água de seu corpo secou. Ele sentiu sede ao olhar para três cachorros comendo seus cadáveres. Um deles fugiu com o braço do jovem Hasno Malach para uma ruína de tijolos vermelhos, enquanto os outros dois cães se dedicaram completamente a distorcer rostos, enquanto ele gritava sem que ninguém o ouvisse. Será que a sua voz estava estrangulada na garganta? Talvez. Ele sentiu um peso semelhante à paralisia e continuou a gritar e chorar até perder a consciência. Eram corpos sem cabeça, roupas sem ossos, ossos sem pele e pele sem cabelos loiros!

Ele mesmo juntou os corpos com as cabeças, se aliviando assim do pesadelo que o assombrava há três anos. Hassan, que sentiu remorso por ter cortado a língua do gato preto, numa noite quente, na companhia de seus três amigos, dos quais mal se separava. Aqueles eram os dias em que eles estavam bem, apesar do gato uivar maliciosamente quando estavam, travessos, flertando com as meninas da aldeia. Seus três amigos estavam entre os operários da fábrica. E quando ele os encontrou, expostos à morte com tanta feiura, se livrou do pecado de cortar a língua do gato!

As vítimas terminaram a dolorosa jornada entre as prateleiras de metal, suas roupas de plástico, as geladeiras, o exame de DNA, os registros, a presença das estações de televisão e rádio, e o murmúrio do choro e do silêncio juntos. Ao chegarem ao local de descanso, que estaria repleto de flores, orações e lágrimas molhadas: pássaros voaram densamente, abrigando-se nas árvores...

Olhamos uns para os outros, como uma fonte que derrama lágrimas diante dos fotógrafos sem que eles as sentissem. Acho que contei isso a ela!

Peguei a mão de Amina e fomos até o apartamento de Goran, que ficava no décimo sétimo andar de um enorme prédio de apartamentos. O edifício era habitado por uma mistura de muçulmanos e alguns sérvios e croatas. Sérvios que não voltaram a viver nas suas casas, exceto para recolher os seus pertences, vender o que pudesse ser vendido e depois partir para a Sérvia, onde acreditavam na sua guerra contra nós! Foi assim que recuperaram as suas casas após o Acordo de Dayton,[13] que dava a todos o direito de regressar às suas casas!

---

[13] Também conhecido como Protocolo de Paris, é o acordo a que se chegou na Base Aérea Wright-Patterson, perto de Dayton, no estado norte-americano do Ohio, em novembro de 1995 e formalmente assinado em Paris em 14 de dezembro de 1995. Este acordo pôs fim ao conflito de três anos e meio na Bósnia e Herzegovina.

Imaginei Goran mergulhando o seu corpo magro na banheira montada no chão de madeira, abrindo os olhos com cuidado e olhando para uma estátua de peixe. Talvez ele esquecesse o que viu hoje, mesmo estando acostumado. Talvez por isso ele não atendeu logo aos chamados intermitentes da campainha. Um jovem alto saiu pela porta do apartamento ao lado, coçando os cabelos grossos. O cheiro de vinho barato emanava de sua jaqueta fedorenta. Os olhos de Amina se arregalaram de repente como se ela conhecesse aquela pessoa:

— Milovan? Você é Milovan! Há quanto tempo você está aqui?

Ele se aproximou dela e fiquei surpreso com seu espanto. Ele sorriu para ela sem estender a mão. Ela cobria a boca com as mãos e de repente chorou e quase se agarrou a ele. Ele respondeu friamente:

— Ah... Amina, você cresceu!

Ela enxugou as lágrimas com um lenço verde e respirou com dificuldade:

— Onde está minha irmã Sabina?

Ele não respondeu e seus dedos pararam de coçar a cabeça.

Ela encolheu os ombros:

— Bem, onde estão os ossos dela?

Ele não respondeu, deu alguns passos para trás, saiu antes de fechar a porta de seu apartamento e inclinou a sua enorme cabeça:

— Sim, eu dirigia o ônibus em que estavam Sabina e sua amiga Ayla Spikovic, mas não sei o que aconteceu com elas depois que colidimos com uma árvore gigante que estava coberta de neblina. Eu também fui vítima!

Ele estava bêbado e era inútil conversar com ele. Fechou a porta suavemente, enquanto Amina começou a bater nela com tanta força que quase a arrancou. Peguei os seus braços magros e imediatamente o Goran nos levou para o seu apartamento. Ele lavou três xícaras e serviu chá frio. Acendeu o cigarro e me ofereceu outro, que acendi imediatamente. Ele perguntou a ela:

— Você se acalmou, Amina? Oh, linda...
— Há quanto tempo Milovan mora ao seu lado?
— Não sei nada sobre ele, exceto que sai todos os dias antes do nascer do sol e só volta à meia-noite. A milícia costumava convocá-lo, mas ele sempre voltava em segurança. Uma vez, eles o convocaram e ele ficou ausente por quase um mês. Achei que ele tinha saído do prédio e não voltaria. Lembro-me de quando ele falou comigo pela primeira vez e me disse literalmente: "A guerra não terá piedade de ninguém. Sarajevo será sitiada, então por que não vai fugir?". Eu disse a ele que amo Sarajevo e não vou deixá-la nunca. Mas ele voltou, e depois de um tempo eu o vi na região de Bash Charchia, trabalhando como garçom em um dos restaurantes que visitei lá. Cumprimentei-o e ele evitou me responder. Diga-me, você o conhecia antes?

Ela estava tremendo de choque. Apertou os dedos enquanto respondia.

— Como não conhecê-lo! Ele dividia a mesma mesa com meu pai, aproveitando as conversas e as risadas que enchiam o lugar. Ele trabalhou com meu pai por muito tempo vendendo madeira e casas móveis. Na última semana, ele estava preparando para mim e para Sabina um saco de chocolate amargo. Adorava os doces coloridos que ele trazia da mãe dele, que trabalhava em uma fábrica de doces nos arredores de Sarajevo. Ele sempre jantava em nossa casa, eram boas pessoas, mas o que aconteceu com minha irmã por causa dele foi horrível e inacreditável. Eles a levaram embora e não há como manter essa amizade. Será que ele dormiu na cama dos seus vizinhos muçulmanos? Ele comeu com suas colheres e bebeu em seus copos?

Goran apagou o cigarro, insatisfeito:

— O estranho é que a esposa dele é muçulmana da cidade de Visegrád. No ano de 1995, mais especificamente em meados de setembro, creio eu, era um dia chuvoso e sombrio. Ele trouxe consigo uma linda menina e me disse que ela era sua esposa, mas que não tinha filhos com ela.

— A idiota é de Visegrád?! Nós dois comentamos.
Ele apagou o segundo cigarro, depois nos deu as costas e se levantou da cadeira até ficar pressionado contra a janela. Assim que a abriu, entrou um uma leve corrente de ar... Ele começou a falar conosco como se estivesse falando para ele mesmo.
— Sessenta vítimas entre setecentos corpos foram encontradas lá depois que as margens do lago Perućac, que havia secado, foram escavadas. Após o enterro, eles caminharam até uma ponte próxima e jogaram buquês de flores no rio, onde o rio Drina levou seus corpos para o lago. Eu vi com meus próprios olhos, Amina. Eu vi o que não consigo descrever.
— O que você viu, Goran?
— Uma mulher na casa dos cinquenta fechou bem o casaco largo, como se tivesse algo na mão que queria esconder. Vi raiva em seus olhos e vontade de gritar. Conheço parte de sua vida dilacerada. Ela trabalhava como empregada de um colégio feminino, roubando tudo o que as alunas deixavam nas pias, como anéis, relógios, pulseiras, toalhas e sabonete. Quando a descobriram, a demitiram do trabalho. Lá, eu a vi tremendo até um braço inteiro cair de seu casaco, mas era preto e seus dedos estavam cheios de anéis de ouro. Não sei como os sérvios a deixaram roubá-lo, pois o braço era da filha dela, desaparecida, e ela ignorou todo mundo para tirá-lo do saco branco. Não contei para ninguém da equipe. Não fiz nada com ela. Ignorei a situação e chorei. Ela estava distraída enquanto pegava o braço novamente da terra maldita!
Eu disse:
— Isso geralmente acontece muito no necrotério.
Amina tirou de mim um cigarro que eu estava prestes a acender. Acendi para ela e ela não disse uma palavra. Então eu falei por ela:
— Então a esposa dele é uma das sobreviventes... é isso, Goran?!
— É o que parece... Os sobreviventes fugiram para as florestas e foram apanhados pelas redes da milícia, ou fugi-

ram para Srebrenica, pensando que quem fugisse para lá sobreviveria. Ou podem ser aqueles que foram levados de ônibus até os pátios das escolas de Potočari e depois começaram a dividi-los em duas partes, a direita para as mulheres e a esquerda para os homens. Em seguida, não se importaram em matar dois mil homens na frente das mulheres ou estuprar as mais bonitas na frente dos homens e assassiná-las de uma maneira aleatória e horrível... e Milovan era um deles!

Goran fechou a janela e baixou a persiana, vestiu o seu casaco e disse:
— Vocês não querem ir para a casa de Hedayat? Hoje é o último dia do funeral.

Amina apagou o cigarro e agarrou o meu braço, enquanto ia para a funerária. O caminho não era longo, pois o funeral foi realizado na casa de Hedayat Bobrits ao invés de ser na casa de Aisha Belavić, que fugiu de Lagana com os seus dois filhos, Hassan e Ali, sem recolher nada, ao contrário do que os sérvios costumavam fazer de pegar torneiras, assentos sanitários, cabos de medidores elétricos, maçanetas e tomadas elétricas e tudo que pudesse ser carregado e roubado... Aisha, que se instalou em um apartamento de dois quartos no andar superior de um prédio que foi bombardeado e sofreu o que sofreu.

A casa dela tinha dois quartos, com um grande buraco no teto, que ela própria fechou. Há apenas seis meses, começou a frequentar o escritório Tokasha, especializado no apoio às famílias de pessoas desaparecidas, para obter a pensão do marido, que foi martirizado em uma batalha perto do túnel, como ela havia pressentido em seus sonhos que aconteciam todas as noites, nos quais ele lhe dizia:
— Cuida do Hassan e do Ali e nos encontraremos no paraíso!

Nenhum de seus amigos árabes que o acompanhavam veio até ela para lhe entregar uma carta, por exemplo, um testamento, ou mesmo para pedi-la em casamento, como fez Ahmed Al-Kuwaiti, apelidado de Abu Al-Baraa, quando se casou com a amiga dela, a viúva Maryam. Perdeu o contato com todos e não tinha notícias, então ela o registrou como morto, embora não tenha recebido seu corpo. Ela queria alimentar os seus dois filhos em obediência à recomendação do seu marido!

Ali, que cresceu antes de seu tempo, obrigou sua mãe a preencher um formulário inicial com informações sobre o pai, como era antes de morrer. Talvez eles a convocassem para uma consulta, na qual combinariam as informações. Ela atendeu e anotou seu nome e sobrenome, a cor dos olhos e do cabelo e o formato do crânio, do qual perdeu os dentes da frente! Todos os dias, Hassan abria a janela e olhava para fora, ansioso para ouvir notícias sobre seu pai. Assim que algum som de sapatos passava pela escada do prédio, ele pulava, mas voltava rapidamente para a sua pequena janela.

Hassan morreu de uma bactéria que atingiu o seu sangue. Hoje, estamos na casa de Hedayat cumprindo o dever de consolação, que parecia um pouco frio!

No hall da casa, Hedayat recebeu os enlutados e os conduziu para a espaçosa sala de estar. Um caixão branco, cobertas brancas e o corpo de uma criança ali deitada. Aisha o cobriu com seu corpo magro, emitindo um gemido do peito que fez algumas pessoas chorarem intensamente. A voz do xeique Arif Susic também era suave quando ele pediu à Aisha que ficasse quieta e se preparasse para carregar o corpo até o caixão, enquanto os enlutados esperavam do lado de fora para levá-lo à Mesquita vizinha Kasim Hajić. Alguns deles entraram e cercaram Aisha e seu filho Hassan, recitando Surat Yasin.[14] A maioria deles eram vizinhos, compartilhando a mesma tristeza e trocando suas memórias brutais que viram nos corpos de seus entes desaparecidos em Omarska ou em Keraterm ou o chamado "Triângulo do

---

14 Um salmo do livro sagrado do Alcorão.

Terror de Trinopolho". Olham uns para os outros, nada é mais terrível do que a morte em massa, da vala comunitária e de um destino desconhecido.

Lá, no noroeste da Bósnia, foi estabelecido este campo, no qual muçulmanos e croatas foram massacrados. A lista de pessoas desaparecidas era longa e todos esperavam obter o corpo de seu parente. Veio na memória de Hedayat o tormento que viveu com o pai dela, que foi preso em Prijedor no final de agosto de 1992, passou por Manica e o inferno dela, depois em três acampamentos militares, antes do seu último suspiro numa vala coletiva que continha 1.200 vítimas, todas elas eram muito fracas! As escavadeiras que recuperaram parte dos corpos tinham como objetivo ocultar o crime e seus vestígios. Apenas 170 restos de esqueletos, que eram abundantes e em locais muito próximos, apresentavam sinais de fraturas. No momento em que procuravam aquele cemitério, a neve caía forte e o céu cantava: Nada nesta noite além de neve acima do sangue de inocentes!

Então a vontade de matar é a única coisa que ainda não consigo entender e qual o sentido da felicidade nisso?! Só Deus pode nos ajudar a superar este ódio que temos pelos sérvios, e não creio que Ele possa...! Temos que remover a Sarajevo da nossa memória, apagar os rostos dos nossos entes queridos e disfarçar na frente do nosso assassino. Será que nós, humanos, podemos fazer isso? Quanto tempo deve passar? E será que devemos morrer para vida voltar? O consolo para aqueles que rodeiam Aisha e o caixão do seu filho Hassan é também para os seus filhos desaparecidos, pois o corpo de Hassan é "um corpo completo e não apodrecido".

Saímos do local do funeral, com perguntas dentro de nós que não tínhamos vontade de responder. Depois de alguns momentos, os enlutados se abraçaram, se separaram e o ar quente encheu o local. Minha pele foi atingida pelo ar de uma garota de vinte anos que passou por mim. Ela parecia a Sabina no estilo do cabelo que ela sempre usava. Sabina me picou, o corpo que ela havia tocado com os beijos um dia...

De repente, vi me separando de Amina. Cambaleei em um beco estreito. Estava vomitando um líquido amarelo e senti como se meu intestino estivesse caindo na minha frente de uma só vez, até que me vi sendo carregado nos ombros de um nobre bêbado que estava ao meu lado e eu não levantei a cabeça em sua direção, mas senti o cheiro forte de seu suor. Ele me carregou como uma criança e me levou pelas escadas do meu albergue, que ficava perto. Havia enxergado com meio olho a iluminação escura no *lobby*. Quando uma canção baixa se aproximou do silêncio, ele murmurou:
— Um hotel elegante e hóspedes sujos...!
Será que eu desmaiei? O que aconteceu comigo para fazer esse bêbado ter pena de mim e me carregar? Não consegui usar a minha voz para agradecê-lo, estava quase perdida. A confusão de chegar tarde aqui me preocupou muito. Sinto como se minha caixa torácica estivesse quebrada. O sono disse à lua que ela logo desapareceria, para ser substituída pelo sol, que penetrou em meu corpo vazio. Quase perdi a consciência enquanto esperava Tarik trazer um copo d'água. Mas ninguém o fez.
Será que a manhã nasce para que morra o perfume de Sabina que senti nas ruas que ouviam comigo os sussurros dos amantes? Onde você está, Sabina, para que eu possa voar para o céu agarrado a você? Por que estou voando paralelo ao chão? Você está com medo de que seu sapatinho possa cair?
Ontem olhei para o rosto das meninas... Fiquei olhando para elas, e as cinzas dos cigarros que fumei caíram violentamente sobre minhas roupas até quase me queimarem. Talvez eu pudesse captar suas feições e abraçá-las, por exemplo, no tronco de uma árvore. Porque você não entende, Sabina, que voltar da sua memória é como ir a um funeral em uma vala comum! Tento imaginar o choro, não as lágrimas!
O ar no meu quarto secou e ninguém trouxe um copo d'água. Olhei para os meus sapatos sujos e fiquei focado neles. Meu pai me dizia que os sapatos dos mortos são limpos. E o sapatinho da Sabina? Estava prestes a cair macio e limpo, mas...!

Essa pergunta acabou comigo e me silenciou por longas horas sem que eu prestasse atenção na única janela, nos miados dos gatos, ou nos fósforos que enchiam o chão do quarto.

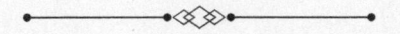

●────────●◇◇●────────●

Não foi uma manhã comum. Desde que cheguei a Sarajevo, tenho vivido todos os tipos de pesadelos, mas o pesadelo de ontem foi o pior. Vi sérvios armados prestes a me matar a sangue frio não dispararem uma bala na minha cabeça. Eles não me vendaram, nem amolaram uma faca na minha frente. Eles removeram a pele dos meus pés como removem as meias apertadas. Minha cabeça também foi removida como uma máscara. Minha pele foi esfolada no chão do quarto, rasgada e misturada com carne.

Mantive os olhos abertos, tive medo de fechá-los e morrer sem anotar o que fizeram comigo! O que me surpreendeu foi que eles não revistaram meus bolsos, mesmo sendo monstros humanos gananciosos, eles não roubaram meu relógio brilhante ou meu anel com a pedra de safira, nem a receita do médico, nem mesmo a foto da Sabina parada na frente da casa deles, que não ficava longe de mim! Eles cobriram meu rosto esfolado com cuspe, gritando e assobiando. Eles riam histericamente, trocando as piadas sexuais em voz alta e as representando de forma obscena na minha frente.

A ameixeira que estava pendurada na parede do meu quarto virou-se e disfarçou o som do meu gemido. A memória da família de Youssef Ramaich voltou para ela. O homem que amarrou a marca do massacre dos seus quatro filhos ao talo da ameixeira. Quatro camisas estavam manchadas de sangue!

Naquela época, a neve havia derretido e as flores da primavera desabrochavam entre as casas que os sérvios queimaram depois de saqueá-las e matar todos que moravam nelas. Pilhas de entulho se espalhavam onde não havia um único fruto da ameixeira. Aquela árvore testemunhou o massacre de Ramaich enquanto Youssef hesitava em mencionar o seu nome ao grupo Chetnik, que o empurrou para dentro do carro e escondeu o seu destino até hoje.

Eu estava me afogando em mim mesmo, na morte que sofri centenas de vezes em uma noite, meu tédio era maior que este universo, e a luz que entrava pela janela era a própria escuridão. A última xícara que tomei aqui, perto da minha cama, estava fervendo, e dentro dela havia café vermelho, e um cheiro de mofo de pele misturado com a urina borrifada nas paredes. Quando eu estava prestes a perder o fôlego, o telefone tocou, uma ligação de Amina, pensei. Naquele momento, ouvi-o tocar bem alto, como se dissesse: Levanta-te, Beijaman, esta é a tua única oportunidade de vestir a sua pele antes que ela seque! Fiquei apavorado com meu pesadelo e não pensei em atender o telefonema dela. Minha única preocupação era recuperar o fôlego. Fui ao banheiro e liguei o chuveiro de água fria. Passei cerca de meia hora ali. Eu estava precisando desesperadamente de água, apenas água. O telefone continuou a tocar, então saí depois que meu corpo esfolado saciou a sede e recuperou o frescor. Pensei que fosse Amina ligando para saber como eu estava, mas desta vez era Ibrahim e ele estava com pressa.

Também vesti minhas roupas às pressas e desci até o saguão. Ele me disse que Amina estava preocupada comigo, mas garantiu a ela que tudo ficaria bem. Sugeri que tomássemos uma xícara de café e ele me contou que havia tomado na casa de Amina antes de chegar aqui. Ibrahim tirou um pequeno caderno do bolso interno do casaco, no qual anotou tabelas com a localização das valas comuns que seriam abertas durante as próximas duas semanas, nomes de instituições governamentais e organizações da sociedade civil, e os telefones dos funcionários responsáveis pela busca, papéis escritos com uma caligrafia horrível, indicando que havia sido feita com a mão trêmula, pois ele sofria de um leve tremor.

Estava marcado para nos encontrarmos em uma hora com a Sra. Marwa Khalil Mehtic, que fundou uma organização em seu nome preocupada em procurar pessoas desaparecidas ou sobreviventes, talvez ambas. Havia muitas crianças bósnias que foram adotadas por famílias sérvias e europeias, e era a hora de entregá-las às suas famílias, se assim desejassem, especialmente nas circunstâncias do fim da guerra e da idade em que cresceram com os seus pais adotivos. O escritório da dona Marwa não ficava longe, mas ainda não havia começado o horário de funcionamento, então decidimos passear pelas vielas do bairro vizinho. Pela primeira vez, sorri com segurança desde que cheguei à Bósnia, onde ficava nossa casa grande.

Parei de repente quando ouvi o eco de um sino de igreja distante e disse a Ibrahim:

— Sarajevo é a capital do mundo e Sabina é a sua alma, por isso estou confiante de que ela está viva!

Ibrahim não comentou minhas palavras. Ele estava chupando o seu cigarro pesado e soprando a fumaça para cima. Segurou minha mão e continuamos andando, um hino religioso rastejando em nossos ouvidos, parecia que estava sendo comemorado um aniversário profético. Toda esta mistura de cânticos se misturava com o cheiro das panquecas, dos fumadores de narguilé e dos frequentadores dos cafés desde o início da manhã.

Senhoras bonitas não penetravam na imaginação do fumante, mas estavam ali para fazer compras ou passear. Houve silêncio entre nós ao passarmos pelo restaurante 4 Soup Hozbud Savage, propriedade da Sra. Savegia e localizado numa casa construída em 1910 por um conde austríaco para uma mulher local chamada Savegiakan. Lá, tivemos recordações com o meu pai. Certa vez, ele convidou seus companheiros, os iranianos que vieram visitá-lo para comer vitela assada com alecrim e molho de anchova, peixe do mar com gengibre, uma garrafa de vinho tinto local Platina e Jelavka branco.

Eu tinha dez anos e não me importava em beijar Sabina, pois passava o dia na casa deles brincando com sementes de damasco. Lembro que ela me disse:

— Quando eu crescer, vou dar à luz uma menina e batizá-la como Yasna Amrdidic!
Eu ri alto naquele momento:
— Amrdidic. Ah, Amrdidic só deu à luz a Beijaman, que sou eu!
Ibrahim sacudiu o meu ombro enquanto eu flutuava em uma nuvem que voava comigo. Eu não sabia se ia parar e o sonho de Sabina e o meu se tornaria realidade.
— Olha, este é o Theatre Sool. Foi criado um mês após o início do cerco e organizou centenas de apresentações durante a guerra, se tornando um símbolo de resistência. O diretor do teatro, Nihad Križevljakovic, costumava dizer: "Ser criativo é a única maneira de sobreviver durante a guerra", e *O Segredo de Raspberry Jam* foi apresentado nele mais de uma vez, que é uma visão íntima de Sarajevo. Estamos perto do restaurante Zlatna Ribitsa. O que você acha, Beijaman, de tomarmos uma bebida lá esta noite para brindar a decepção dos nossos entes queridos com aqueles que procuramos!?
Eu respondi a ele, mesmo que estivesse hesitante. Ele continuou sua conversa fria:
— Nenhum visitante de Sarajevo pode perder este lindo bar — as paredes de espelhos refletiam a luz de velas, utensílios, cadeiras enormes e instrumentos musicais. Havia uma pequena televisão que mostrava imagens em preto e branco, e no fundo havia um aquário com peixinhos dourados. — É um bom lugar para domar a pulsação acelerada.
— Você está certo, Ibrahim. Sim, minha pulsação aumenta sempre que decidimos encontrar Sabina!
Pedi a Ibrahim para descansar à sombra de uma árvore. A tontura começou a voltar para mim novamente. Pela primeira vez, o pesadelo de ontem me dominou. Eu olhava para os rostos que passavam por mim como um louco. Não havia ninguém como Sabina... ninguém me conhecia, Sarajevo havia mudado muito. Quase não reconheci, assim que fechei os olhos, fui atingido por um relâmpago que tinha uma voz rápida. Seu grito era agudo, brilhante como a lua e cheio como uma maçã:

— Levante-se...
Pisquei os olhos e os abri:
— Sabina!
Mas eles voltaram carregados de decepção. Amaldiçoei tudo ao meu redor e estava prestes a me levantar. Era uma mulher na casa dos cinquenta anos, com olhos cor de chocolate que eu adoro, o cabelo escondendo os brincos brilhantes, e foi ela quem balançou meu ombro:
— Você é o Beijaman?
Eu imediatamente respondi a ela.
— Sim, Beijaman!
— Que coincidência. Achei que ficaríamos em ruínas porque pessoas morreram ou migraram. Peço desculpas a você. Ouvi a notícia da morte do seu pai em Teerã enquanto me aproximava do edifício onde ele trabalhava depois de os sérvios terem explodido os edifícios próximos. Eu decidi ir para lá sozinha. Centenas de papéis e fotos espalhadas que eu mesma juntei. Uma delas é uma foto sua. Eu trabalhava como empregada de limpeza no escritório de Diogaz antes de ele migrar para Teerã. Você não mudou nada em relação à foto que ele tinha em um dos cantos de seu escritório. Não posso esquecer a sua beleza. Seu pai tem muitas fotos que tirou de você. Em uma delas, você está no colo dele em um dos bares luxuosos, cercado por seus amigos animados. Um deles tinha um braço somente, branco e roliço, e outro tinha um nariz grande e uma boca sem dentes, e acho que ele te causou algum medo. Quanto a você, estava vestindo uma camisa de manga curta.
Ela sorriu e disse pela segunda vez:
— Que coincidência!
O olhar caloroso dela era uma prova da ressurreição que nos dá um vislumbre de vida nas profundezas da morte. Lembrei-me que o dono do nariz grande que ela mencionou teve partes de seu corpo encontradas perto do matadouro de ovelhas, no subúrbio de Mostar, morte ocorrida enquanto voltava de uma das batalhas. No dia em que sua esposa es-

tava com um grupo de mulheres esperando pelos corpos de seus desaparecidos, o caminhão que os transportava balançava como o coração de seus parentes... e elas contiveram as suas conversas, exceto pelos murmúrios de "Louvado seja Deus" e "Deus é grande". A sua esposa, que estava na fila da frente, foi a primeira a ser chamada. Uma senhora idosa de setenta anos perguntou a ela:
— Seu marido?
Ela respondeu com uma voz fraca:
— Sim.
Então a senhora perguntou novamente:
— Seu filho?
Ela não respondeu. Pensou que iria cair no choro como sua vizinha fez, e como vinha fazendo ao longo dos dias desde que perdeu o marido. Ela iria gritar e destruir o prestígio do lugar, mas fechou os olhos e permaneceu silenciosa. Ela chorou baixinho, mas o choro fluiu tão abundantemente. Cobriu o corpo dele com um lençol branco, repetindo:
— Ó Misericordioso, Ó Compassivo, Ó Verdadeiro Deus...
Até que ela perdeu a consciência e eles a carregaram para a mesquita onde as orações seriam feitas sobre os corpos.
Então comecei a apalpar o meu corpo, tocá-lo parte por parte, para verificar se estava inteiro diante da feiura da morte. Porque simplesmente vamos à extrema destruição quando começamos a buscar momentos felizes sem eles. Não sei por que coloquei minha cabeça em seu peito e chorei, e fui o único que ouviu o som do meu choro. O silêncio que foi a nossa conversa impediu que a senhora me dissesse o seu nome e eu não lhe perguntei sobre isso. Senti a morte que estava repleta de detalhes de nossas vidas, será porque Sabina escondia suas cartas com nossa vizinha Safia, que se parece muito com esta senhora?
Eu queria ter prolongado a presença dela perto de mim por muito tempo, mas Ibrahim acenou de longe e ordenou

que eu me levantasse. A mulher desapareceu como um raio de fumaça. Acho que o próprio Ibrahim não a viu!

    Quando nos aproximamos do prédio que perdeu a sua cor, vi centenas de pessoas correndo para chegar à janela onde tinha os números. Não esperamos muito, pois fomos chamados por uma rádio transmitida por um jovem de vinte e poucos anos. Entramos facilmente enquanto a Sra. Marwa trocava conversas interessantes com Amina, pois ela havia nos precedido lá. Sentei-me ao lado dela depois de tranquilizá-la. Quanto a Ibrahim, começou a folhear alguns panfletos e jornais e preferiu permanecer de pé.

    O telefone da Sra. Marwa não ficou silencioso devido ao grande número de pessoas que procuravam. Seu escritório esteve em constante movimento durante o dia todo. Amina terminou de preencher o formulário sobre Sabina, anexando-o a uma fotografia em preto e branco. Deixei também meu número de telefone e recebemos dela um novo cronograma com as datas de abertura de novos cemitérios em diferentes áreas não muito distantes de Sarajevo, devido à possibilidade de ela estar lá. Fiquei confuso, como quem sente que vai cair uma chuva forte, mas não sabe exatamente quando.

    Ninguém acredita que ela possa estar viva além de mim!

    Lá, debaixo de uma grande árvore, o Ibrahim nos trouxe dois sanduíches de carne defumada que ele comprou em um carrinho de rua. Nós não comemos nem um pedaço. Amina começou a repetir sua história para mim com a voz trêmula, repetindo as mesmas palavras pela terceira vez e as mesmas lágrimas. Suas palavras, que vinham de forma intermitente, grudadas em meus braços e no fundo de minha alma, espalhavam sua respiração... seus soluços, que continuavam por muito tempo em meu peito, faziam minha língua se enterrar na garganta. Eu fechei meus olhos aos detalhes quebrados de seu rosto, seu coração cheio de dor, tremia

de medo de sonhos sem limites. A escuridão me cercava e eu não queria vê-la chorando pela sua irmã Sabina.
Sabina, que é como o mar que dorme dentro de mim com toda a força. Fechei os olhos para tudo. As tristezas da guerra ainda estão vivas e não podem ser esquecidas. Quem entende a linguagem dos olhos de Amina não consegue decifrá-la, pois é uma cidade encostada em um penhasco em colapso. Quanto a mim, acho que fiquei mergulhado nas cinzas de seus olhos enquanto ela contava o que aconteceu com ela pela terceira vez:
— Minha situação com minha irmã é como a do resto das famílias que pensaram em fugir. A cor do vale verde mudou e ficou marrom escuro. O clima está frio e pungente, e a floresta é muito maior que nós... Na aldeia vizinha, foram expulsos quarenta mil muçulmanos e mil croatas, que abandonaram as suas casas a pé, em busca de salvação, e durante três dias atravessaram as montanhas a pé, carregando consigo as suas sepulturas. Eles enterravam os seus mortos ao longo da estrada, onde as crianças caíam como folhas de outono. Havia uma enorme máquina militar se movendo de uma cidade para outra. Num processo de limpeza étnica para expulsar as pessoas das suas casas. Milhares de pessoas foram mortas nestas operações de "limpeza étnica" e muitas mais foram detidas em campos de concentração onde eram praticadas tortura e violação. No outono de 1993, a limpeza afetou o bairro vizinho à casa de minha tia Hamida, onde suas duas vizinhas se refugiaram. Uma delas era croata. Seu filho, Kunchar, era diretor de cinema. Ele saiu durante os primeiros meses da guerra para documentar os acontecimentos com seu amigo, meu primo Ezzat. Ambos cobriram a guerra. Kunchar foi morto em uma mina terrestre e meu primo, que havia prometido se casar comigo, sobreviveu. Ele carregou o Kunchar com um jornalista árabe que tinha cidadania egípcia e trabalhava no jornal Asharq Al-Awsat. Eles o levaram para Zagrab, pois ele havia solicitado que fosse enterrado em sua cidade natal. Até agora, Ezzat não voltou! O marido da minha

tia, Hassan, os trouxe até nós depois de dias de batalhas sangrentas que aconteceram perto deles e se aproximavam de nós. Pela primeira vez, no dia 9 de setembro, vi um policial nadando no próprio sangue debaixo de uma árvore perto de nossa casa. Fechei a janela então, quando os sons dos tiros ficaram mais altos, como descobrimos mais tarde. As balas caíram sobre oito comerciantes do bairro vizinho. Meu pai era um deles. Nosso vizinho, croata, foi quem nos informou disso! Por causa do cerco, não pudemos enterrá-lo antes de três dias. Foi o xeique Khairuddin Bashanović quem o enterrou. Todos caminhávamos pelas montanhas, ouvíamos o rugido dos tanques e víamos a fumaça dos obuses sobre as cidades, e as rajadas de balas atingiam as pessoas cuja saída estava atrasada devido ao cerco. O medo era a maior preocupação. Todos nós tínhamos bagagem. Até as crianças carregavam conosco cobertores, panelas e mantimentos. Tudo estava queimando, as plantações, as cabanas de madeira e as fontes de água. Jamais esquecerei Fikret Bortish, quando ele se retirou para o fundo do vale para cavar uma única cova para seu filho e sua esposa, ordenando que não esperássemos por ele! Eles estavam tossindo o tempo todo. Seu filho pequeno, Ali, não suportava o frio, e a mãe também! Tínhamos que sobreviver com mulheres grávidas e crianças que andavam como tartarugas, o número de homens não era grande e quem era encontrado carregava a sua mãe ou um paciente idoso nas costas. A cena mais horrível do que do Bortish eram os cães que cavavam à noite as covas rasas, aqueles cujos donos estavam enterrados na beira da estrada. A distância restante era curta para chegar à primeira aldeia à nossa frente, perto da qual existe um campo de refugiados sob supervisão das Nações Unidas. O terreno estava cheio de minas, por isso três membros de uma família que estavam conosco foram mortos, mas nós deixamos, na verdade, o Bortish sem voltar os olhos para ele. Mesmo que estivéssemos andando do inferno para o inferno, sem saber nosso destino. Tudo o que entendemos foi que tínhamos que seguir para oeste e, quando chegamos ao acampamento, esperávamos que houvesse alguém para nos receber e nos fornecer suprimentos urgentes e primeiros socorros, pois estávamos feridos, alguns graves, como resultado da queda das pontes que atravessamos e que tinham explodido, mas o grande número de deslocados fez com que fosse difícil para os funcionários organizá-los, especialmente tendo em conta as doações que eram constantemente saqueadas! No início, éramos eu, minha irmã Sabina, minha tia e suas duas vizinhas: nossa parte era um prato de sopa sem sal nem óleo, com um pedaço de pão seco. Dormíamos no chão, numa tenda lotada de mulheres, mas logo elas ouviram o som de aviões voando, até que correram para pegar a ajuda que estava sendo jogada sobre suas cabeças: queijo, cobertores, enlatados, garrafas de água, algumas roupas, folhas de metal e um pouco de sabão. Devo lembrá-lo, Beijaman, que os aviões de transporte militar eram a única forma de entrar nas cidades em meio a toneladas de ajuda humanitária que deveriam chegar ao coração de Sarajevo! Mas só conseguiu aumentar o cerco sobre nós. Na capital, a situação não era muito diferente. Você se lembra, Beijaman, do bairro Bistrik, na antiga Sarajevo, como foi totalmente incendiado? E centenas de atiradores sérvios estavam parados na beira da estrada que leva ao aeroporto, "a estrada da morte". A poluição e as doenças se espalhando, e os mortos eram transportados para mesquitas próximas que cuidavam do seu enterro.

 Eu a interrompi:

 — Sabina é minha história. Faça algo por mim, por favor!

 Ela ficou em silêncio por um momento e olhou para mim como se estivesse contando as rugas que apareceram em meu rosto, depois continuou:

 — Ela estava tentando aliviar a dor do meu braço, que ela usou como travesseiro por duas noites consecutivas, e dizendo: "Minha irmã, Amina. Ele também pensa em você e te ama muito. No Monte Igman, próximo ao aeroporto, seu noivo, Ezzat, está esperando e escrevendo um diário para você". Lembro que caí num sono profundo sem responder. Minha tia, que nunca perdeu as forças, era quem pensava mais seriamente do que nós. Duas semanas depois da nossa fuga, ela nos contou que a opção de permanecer no acampamento era muito difícil. Havia camisas que cheiravam a suor, corpos que não foram lavados desde que entraram no acampamento. Esqueletos de almas apodrecendo de doença e tristeza, delirando e bocejando, vendedores ambulantes gritando para vender vegetais e pão, diários repetitivos e chatos que não suporto... É como se estivéssemos nadando num rio sem volta. Ou regressávamos a Sarajevo, ou à Srebrenica, ou procurávamos refúgio na Eslovénia ou na Áustria, parávamos em Bihać e depois cruzávamos a Croácia. Porém, todas as escolhas eram difíceis e não estavam disponíveis. Sabina estava mais entusiasmada com a questão da imigração do que eu, especialmente depois de ver um corpo flutuando num lago perto do campo e que pertencia a um soldado bósnio. Do seu aspecto exterior, só restou a calça militar, os bolsos vazios e a camisa. Lembro-me que o recuperamos com a ajuda de um membro das forças das Nações Unidas, que levou o corpo para um hospital militar estabelecido aleatoriamente, mas que recusou a receber o cadáver sob o pretexto de que o necrotério estava cheio, além da falta de energia do gerador. Não tiveram outra alternativa senão transportá-lo para o centro de entrega dos corpos dos mártires, que estava longe do nosso acampamento em torno de mil quilômetros, onde não há estradas pavimentadas. O transporte não era tão simples, pois todos os veículos de transporte estavam ocupados. O jovem chamado Tayeb Oktesh se ofereceu para guardar o corpo em sua tenda até o dia seguinte. Todas as tendas ficaram inundadas por causa da chuva que não parava, e nelas os gritos das crianças eram constantes. Naquela noite, os cães soltos uivavam alto porque sabiam que, dentro da tenda de Oktesh, havia carne adequada para comer! Não sei como tive coragem naquela noite e cheguei à tenda dele para dar uma última olhada no corpo, como se significasse algo para mim. A única vela que enviava sua luz fraca para fora me encorajou a bater em sua porta. Oktesh chorava amargamente enquanto o corpo estava coberto na frente dele. Ele olhou atentamente para uma foto que tirou do bolso, respirou fundo e murmurou: "ele não! ele não! Você se foi, meu irmão, e levou consigo a alegria e a esperança. Como ficaria minha mãe se encontrasse seu túmulo? Duvido da utilidade de sua vida depois de você. Ela deve se lançar sobre você para abraçar sua terra e derramar as lágrimas dela que não pararam desde que você saiu de nossa casa enquanto lhe prometia voltar. O destino não cumpriu sua promessa e você não a enterrou com as suas ternas mãos". Aproximei-me dele e me deixei sentar à cabeceira do cadáver, apenas o consolei com as mesmas lágrimas, dizendo-lhe que a nossa tristeza era comum e a nossa aflição era a mesma. Antes de eu me levantar, recitei Surat Al-Fatiha[15] para ele. Saí catando a minha tristeza, apenas a minha tristeza...! Contra o momento de silêncio, quis dizer algo, para iluminar a solidão que espreitava entre nós e mandar seus donos para o inferno. Nós, Beijaman, corremos o risco de viver no meio do paraíso terrestre, cheio de desaparecidos e cadáveres desconhecidos. Não há música que nos proteja dos ventos uivantes, dos lamentos das mulheres estupradas e do som das balas que caem sobre os corpos dos homens. Não há sol batendo nas portas de nossas casas, embora brilhe intensamente todos os dias. A visão da morte me assombra e quase nunca me abandona. No dia em que nós três, Sabina, minha tia e eu estávamos viajando por uma estrada de terra, um caminhão cor de sangue escuro nos parou. Os rostos de seu motorista e dos sete homens que o acompanhavam eram brancos escuros também. Eles nos forçaram a subir depois de lançarem seus conhecidos insultos. Engolimos o som do nosso choro e subimos, com os nossos

---

15 Surat Al-Fatiha é a primeira parte do livro sagrado dos muçulmanos, o Alcorão.

olhares culpando minha tia! Não carregávamos identidades ou passaportes. Ao meu lado, estava sentado um jovem com tatuagens no braço, com seu nome e símbolos estranhos escritos nele. Não falei com ele. Imaginei que ele esperava a morte, então ele tinha seu braço tatuado com o que o indicaria caso ele se perdesse, para que pudesse ser identificado. Naquele momento, Sabina murmurou algumas palavras, lembro que ela disse que o cheiro de carne queimada no nariz não poderia ser esquecido pelo resto da vida. Estávamos todos tremendo. Tínhamos ouvido falar da armadilha e aqui estávamos nós caindo nela com os pés. Tínhamos viajado uma longa distância a pé, sem capacetes, rifles ou o céu para nos proteger! Queria perguntar a todos no ônibus: "De qual cidade eles levaram vocês? De qual aldeia? Para onde eles nos levarão?" Mas lembrei que era proibido falar e que todos podiam ter perdido o endereço em meio a essa aglomeração e aos corpos desabados... Gostaria que nos tivessem atirado num rio ou teríamos todos morrido sem esperar a piedade dos olhos obstinados dos sérvios. Mas eu consegui, Beijaman, quando eles estavam separando a mim e minha tia de Sabina! O estupro era o nosso destino num campo perto da cidade de Bridor, a cidade que amassou os restos mortais de centenas de bósnios e dezenas de croatas em sepulturas que até hoje estão sendo descobertas, onde nenhum ser humano vive aos olhos de seu prefeito sérvio, Milomir Stakic,[16] enquanto ele extermina pessoas inocentes sob suas ordens. As altas montanhas, os vastos espaços verdes e a água que corre entre as aldeias de Pechana, Szjinica, Rezvanovica e Karabova e todo o ar que nos rodeava não conseguiam acomodar o som do nosso choro. Foi uma cena única de histeria de morte em massa sob o chicote do seu ódio e do seu desejo oculto de limpar a Bósnia de nós...!

Amina queria continuar a história, mas eu não a teria ouvido porque havia me retirado para uma árvore próxima

---

16 Militar sérvio que foi condenado pelo genocídio e crimes cometidos durante a guerra da Bósnia.

para me esconder, olhando para o rosto de Sabina, que havia perdido os olhos ao tentar fechá-los do rosto de seu estuprador... Eles a levaram sozinha para o acampamento. No entanto, um cachorro continuou a latir três noites seguidas perto de seu corpo ensanguentado. Sabina me disse isso em sua única carta que recebi dela durante minha detenção de três anos em Teerã, onde descobri após minha libertação e totalmente sem notícias que a carta vinha da pena e da alma de sua amiga croata Silvia Kulić, que se mudou do campo para a Croácia enquanto a Sabina permaneceu à mercê dos sérvios. Estávamos compartilhando o tormento?!

Ela estava em algum lugar balançando num fio de esperança que se recusava a ser cortado. Eu estou preso no fim do espaço e do tempo. Estou em frente ao escritório do Sr. Lutfi Hasanovic, que está quase impaciente enquanto se senta numa cadeira suja, espalhando à sua frente listas de pessoas desaparecidas, que chegam aos milhares, com os seus nomes escritos com uma caligrafia ruim. Uma senhora de setenta anos, que perdeu três quartos da memória, lhe implora, e ele responde duramente e reclamando:

— Escute, você nos traz todos os dias uma informação que contradiz a anterior. Se você não sabe onde seu filho estava na vez que você o perdeu e não sabe a idade dele, como posso encontrá-lo? O nome não é suficiente, senhora.

Ela tenta novamente, implora pela juventude dele e ele promete procurar. Durante vários meses, todos os círculos e associações estão lotados de fotos e de mães com rostos perdidos e olhos turvos, unidos pela mesma calamidade. Todas levavam fotos de seus filhos e famílias, e eu, acompanhado de Amina, carregava fotos de Sabina.

Até o bebê, que engatinhava, se afastou da mãe, que suspirava, e se aproximou de mim, pegou a foto da Sabina e soltou uma risada, seguida de um choro estranho! O olhar de espanto que a mãe lançou ao seu bebê ainda permanece dentro de mim. Ele queria dizer alguma coisa? Será que ele gostou do sorriso de Sabina encostada na chaminé? Foi a busca da mãe pelo irmão mais velho que o fez parar de rir? A sua mãe, que foi levada enquanto estava grávida da sexta filha, deixando o marido, que sobreviveu enquanto visitava a mãe na aldeia vizinha, e que também, por sua vez, fugiu para uma escola que os abrigou durante dias, até que alguns deles foram levados para uma área verde que pintaram com o sangue do massacre e depois seus restos mortais foram enterrados a dez metros de profundidade em um buraco que cabia sessenta pessoas que estavam com os olhos meio abertos e as meninas foram vendidas a traficantes de escravos. A sua mãe, que suportou o tormento dos seus cinco filhos enquanto estes seguravam a sua perna, assistiu com lágrimas nos olhos enquanto os residentes eram conduzidos para os ônibus sérvios implorando aos soldados da OTAN que os protegessem, com pouca resposta. Além de encobrir os crimes dos sérvios e permanecer calados diante do que acontece sob o olhar de suas armas pesadas!

Ela hoje esconde grande parte de sua dolorosa história para preservar a saúde de seu coração partido! Sobreviveu pela segunda vez ao incidente da destruição do grupo Aramichi em Kaluch, que bombardeou a mesquita da cidade e explodiu com os fiéis.

Ela mesma implorou a um jornalista americano filiado a um canal de televisão que estava conduzindo sua reportagem perto se os aviões de transporte militar americano estavam falando sério sobre jogar alimentos e remédios para aliviar a dor...

Ela estava implorando para que eles jogassem as pílulas de controle de natalidade que esgotaram em todas as cidades para que não engravidasse de um bandido dos soldados sérvios! A mulher era extremamente bonita, então usaram sua carne e depois a atiraram aos ratos e répteis. Ela deu à luz seu bebê na sujeira enquanto os soldados riam.

Ela deve ter gritado profundamente, embora estivesse muito forte. Como será que o grito era naquela escuridão? Ela olhou nos olhos do bebê e duvidou que ele tivesse um pai sérvio! Apesar disso, ela ainda está determinada a sobreviver pelo bem de seus filhos, incluindo o bebê.

As pupilas dos meus olhos se arregalam ao olhar para o passado: prenhe de detalhes de tristeza e emoção... e sou exatamente como as centenas de presos que olham pelas janelas dos ônibus. Os que sobreviveram olhavam as listas dos mortos, olhando sem entender o que estavam olhando e contemplando...! No entanto, um deles murmurava:

— Para onde Slobodan Milošević[17] vai fugir de Deus?!

---

17 Foi presidente da Sérvia de 1989 a 1997 e da República Federal da Jugoslávia de 1997 a 2000. Também foi responsabilizado pelo genocídio e crimes cometidos durante a guerra da Bósnia.

4
Como esquecer...?!

"O povo pode perdoar... mas não pode esquecer!"
— O grande líder Gandhi

"Que Deus perdoe todos os pecadores, exceto Slobodan Milošević!"
— Escritor anônimo

"Sarajevo não contará os mortos, mas contará os vivos..."
— Radovan Karadzic, líder dos sérvios da Bósnia

Era um dia quente de verão. Eu tinha quatorze anos e Sabina uns dez. Sentamo-nos juntos, à sombra de um grande carvalho. Contamos tudo um ao outro. Rimos e nossos dedos adormeceram juntos entre as sombras da árvore. Meu coração começou a bater forte enquanto tentei falar vinte vezes, mas não consegui. Agora, a voz da cantora Shayla Beshlik penetra no calor do meu coração. Só lembro que era uma frase simples, senti falta de dizer para ela: O quanto eu te amo!

A canção *Oh, se você pudesse* foi uma armadilha para o meu choro que me acompanhou enquanto eu estava sentado no rio Miljacka, sem pedir permissão ao corpo de Sarajevo cercado pelos Alpes Dináricos. Não me senti quando joguei o meu corpo no rio para flutuar. Lá eu vi os campos dos meus sonhos sendo levados pela água e comidos pelos peixes que queriam se libertar das garras da água e voar. Vi claramente o formato do meu velho coração, que não consigo esquecer! Uma onda poderosa me levou até a margem, esticando meu corpo nas rochas macias. Eu podia ouvir o rugido do rio sem vê-lo. Ao meu lado, descobri uma grande família de peixes que saltavam e sorriam no ar!

Aos poucos, comecei a respirar, sabia que naquele momento estava começando a testar minha paciência com o inferno, com a dor, com o sonho, com a perda e com a esperança. Jamais esquecerei os grupos de sérvios que cercaram um grupo de pessoas que foram emboscadas e executadas, não havia mais ninguém para testemunhar a execução. A mãe de Amin Deletic estava dormindo com os olhos entreabertos entre seus quatro filhos. No entanto, os moradores perto da rua Tito, conhecida como "viela dos atiradores", ouviram o eco de um grito que durou vários minutos e era como um lamento em um porão vazio. Então, eles tinham certeza de que Anela Deletic soube da execução de Amin, que foi levado da frente de sua casa e foi o primeiro entre seus companheiros executados.

Em todos os momentos que passei por aqui desde que pisei pela primeira vez na Bósnia, me encolho diante das fotos que eles seguram perto do peito enquanto sussurram em uma só voz: não vou conseguir deixar de te amar, você foi a coisa mais preciosa que eu tinha e agora você se foi para sempre. Fotos que estavam esperando por eles sem uma mão carinhosa ou compassiva... Mas talvez eu tenha sido o mais sortudo desses momentos, assim que meus passos frios me levaram até o albergue, a mão de Amina foi colocada em meu ombro, e ela me conduziu para sua casa em um táxi. Ali, Amina enterrou a sua cabeça no meu peito, dizendo em voz baixa:

— Os sérvios nos eliminaram com privações, deslocamentos e estupros. Estávamos indefesos. O que podemos fazer? Temo que Sabina fique enterrada e seus vestígios desapareçam por anos.

Isso evitou que minhas lágrimas caíssem, ou assim pensei... Não sabia que chorar alto é o único prazer possível para mim.

A vida sem Sabina é escura e barata, como um duende assediando uma prostituta. A minha insistência em procurar Sabina é semelhante à insistência do bósnio, que procura a sua liberdade e o estabelecimento do seu Estado, como o resto das repúblicas da desmembrada federação iugoslava, que igualmente exigiam a independência.

Levanto a cabeça de Amina e a apoio no banco de trás do carro. De repente ela estava olhando pelo retrovisor do veículo. Com alguma preocupação, ela abriu a bolsa e tirou um pequeno espelho. Pela primeira vez, descobriu que havia perdido o dente inferior. Desapareceu há uma hora e provavelmente ela o engoliu! Ela precisava de um pouco de calma, então cobriu os lábios com um lenço azul pontilhado de rosas vermelhas, que gradualmente ficou vermelho, e ela se contentou com o espanto.

O dente caído me trouxe de volta o rosto de Suzan, a prostituta iraniana que trabalhou em uma trupe de circo russa por um período no Teatro Teerã. Ela então retornou a Isfahan para ser demitida de todos os empregos em que trabalhou por um período não superior a cinco dias. Era um corpo inquieto, cheio de conspirações, segredos, ladrões e vendedores de haxixe. Suzan, em quem nada havia mudado exceto um cabelo branco que se arrastava em seu cabelo cor de carvão, ria muito de sua decepção ao cair no chão do porão cheio de cristãos. No dia em que ela abriu a boca pela última vez, eu olhei para ela: faltava o dente inferior e a ponta da língua estava claramente passando pelo vão. Há uma grande diferença entre os dentes de Amina e Suzan, como se estivesse na sombra escura ou sob os raios do sol. Aqueles raios que acordaram Amina e eu na porta de um dos antigos cemitérios perto da casa dela.

    O cemitério estava coberto de flocos de neve e as pegadas dos visitantes eram claramente visíveis entre os corredores. Lembro-me de estar do lado de fora da cerca, a poucos metros de distância, era mais forte do que imaginava. Tento afastar o medo e oro a Deus para que não me abandone no meio do caminho. Abotoei minha jaqueta de couro e inspirei para encher os pulmões e devolver a calma ao meu coração! Não sei por que lembrei da foto do meu nascimento naquele exato momento! Numa sala espaçosa com aquecedor, e os murmúrios de meu pai e de minha tia Zahour se misturando ao vento que ecoa dos latidos de cães do lado de fora do Hospital Geral de Bahman em horas que parecem anos: cresci!

    Meu sangue tem múltiplas vidas correndo por ele, a ponto de começar a amarrar meus próprios sapatos e ficar no ponto de ônibus carregando minha mochila cinza e minha garrafa de água pendurada no pescoço. Como um raio passando, a vida colorida ao meu redor. Reconheci a música do casamento, o ouro brilhando no pulso, o sangue da circuncisão pingando e os olhos turvos se dissolvendo nos banhos obscenos de vapor. Cresci ao ponto em que comecei a distanciar meu rosto da amiga da minha mãe, Gila, que tinha lábios enormes. Assim como meu pai me mantinha longe da cama deles, onde cascatas de gemidos abafados eram transmitidos para um longo travesseiro recheado com os roncos de meu pai, que adormecia rapidamente, enquanto minha mãe gemia e suspirava, e eu pensava que ela estava reclamando da dor de cabeça que não a abandonava.

    Cresci e aprendi a mentir com um palhaço, o dono do dente de ouro. Cresci e cresci... e aqui estou eu à procura da minha metade nos murmúrios que ouvia enquanto rezava no pátio da mesquita do Grande Profeta, ou sentado perto do lago onde coaxavam as rãs.

A permanência da Amina não durou por muito tempo no cemitério próximo. Precedi-a em subir ao sótão e me afundei num sofá cheio de almofadas macias, mas não me sentia quente, por isso resolvi descer para esquentar um copo de leite. No mesmo momento, Amina se aproximou de mim e apertou meu pulso, que tremia, enquanto me oferecia uma xícara de café:
— Consigo agarrar seus ossos. Por que não se acalma, Beijaman?
— Sinto demônios rasgando minhas roupas!
Ela me segurou até eu estar deitado novamente em seu sofá amarelo. Me cobriu com a colcha de Sabina e minhas palpitações no peito aumentaram. Será que Amina pretendia isso? Os goblins que fizeram amizade comigo enquanto eu estava na cela 897 viajaram de Teerã para a casa de Sabina. Na noite de 9 de agosto de 1993, eu estava revirando debaixo da colcha a primeira carta de Sabina, cheirando-a antes de ler a primeira frase, "Meu amado Beijaman", enquanto os goblins protegiam meus ouvidos da história do gritador, que ainda não sei como contar. O bebê que nasceu no banheiro da prisão gritou? Ou o grito das peles sendo esfoladas no porão? Ou os insultos venenosos junto ao balde de excrementos exposto? Ou o riso dos soldados diante das minhocas que alguns de nós fomos obrigados a comer, depois que acabaram os ovos podres? Os goblins agora bons cuspiram naqueles dias que massacraram meus sonhos diante dos meus olhos. Estou esperando uma pomba uivar ou um corvo grasnar na janela da esperança...

Nós dois não conversamos, evitei olhar nos olhos dela e ela fez o mesmo. Ela me disse, quando estava saindo para seu quarto, que recentemente obteve com o Sr. Boren o telefone de sua amiga croata, Ayla Spikovic, e que havia telefonado para ela há três dias para falar sobre Sabina, a quem ela tinha personificado nas duas cartas que me enviou enquanto eu estava dentro da prisão em Teerã. Apenas duas cartas eram um fio fino ao qual eu estava agarrado. Quando ela estava prestes a fechar a porta do quarto, ela me olhou diretamente, sem girar as pupilas, como se quisesse acrescentar mais alguma coisa:

— Há três anos, Sabina estava deitada no mesmo sofá, até cair ao ouvir o som da artilharia sérvia. Naquele momento, a sala tremeu. Ela estava na companhia de uma amiga dela chamada Ayla Spikovic, que veio à nossa casa para lhe dar o salário da fábrica. Esta foi a última vez que a vi!

Meus membros ficaram dormentes devido aos goblins que me assombravam de acordo com seu humor.

Isto me acordou sem que eu me importasse com esse entorpecimento. Imediatamente, me levantei e saí para a rua para tirar de mim essa ansiedade. Amina era mais coerente que eu, pelo menos ia dormir ou tomar banho. E fui vagando pelos becos até a rua Farhadiya. Tento esconder minha ansiedade sobre o que Ayla Spikovic dirá amanhã, ela que costumava me escrever cartas assinadas por Sabina e entregá-las por meio do meu amigo Erni Ihsan. A rua Farhadiya não conseguiu me impedir de me preocupar. Cafés, barulho, roupas modernas usadas por jovens, mulheres elegantes e estrangeiros que se multiplicam, bancos turcos e alemães e cinema...

Todas essas alegrias não me importam. Perto do parque, fui parado por uma mulher fraca, vestindo uma jaqueta preta larga com uma grande cruz prateada pendurada e um pedaço de pão integral na boca trêmula. Suas feições são sérvias e seu cheiro desagradável. Eu os conheço pelos seus olhos cinzentos. Eles não se atrevem a visitar Sarajevo e tomar café em plena luz do dia. Eles apenas olham para a escuridão, e suas mulheres comem pão de suas vielas noturnas. Sim, eu os conheço pelas batidas implacáveis do coração! De olhos que não conseguem olhar nos olhos do outro. Uma mulher que não mora em Sarajevo veio apenas para uma rápida visita a um de seus parentes que mora perto da casa de Amina.

Ela veio da Sérvia, onde não há vida... nem fábricas, nem teatros, nem educação, somente desemprego, mercado negro e pobreza. Cabelos sujos, anemia, aglomeração intensa, fome, lepra e deslocamento entre quartéis e locais públicos. Eles urinam ao ar livre e praticam a masturbação dentro das calças. Eles ficam durante todo o dia em áreas verdes que cercam seus subúrbios. Desdentados, infectados, sapatos rasgados, rostos evitando as lentes de um estrangeiro curioso que tira uma foto deles jogando futebol com caveiras de homens muçulmanos! Não têm medo do Acordo de Dayton, que estipula que não serão possíveis áreas etnicamente puras, como querem os sérvios, nem têm medo dos observadores internacionais das Nações Unidas e das forças internacionais que lhes faziam vista grossa.

Eles têm medo do curioso que vai publicar na imprensa: Como é que os sérvios forçaram os muçulmanos a rasgar os testículos uns dos outros com os seus dentes afiados...?! Eles têm medo das mulheres muçulmanas que os reconhecerão nos tribunais internacionais, pois o seu fedor ainda está impregnado ao corpo delas. A lista continua e começa com o criminoso de guerra Redovan Karegic, Slobodan Milošević, Ratko Mladic e uma lista secreta de líderes sérvios e croatas e um pequeno número de muçulmanos são condenados à morte de acordo com a justiça internacional. Não é fácil matar milhares de pessoas sem culpa!

Ela está com fome há anos e pretende buscar refúgio na Nova Zelândia, segundo ela! Me disse que seu nome era Sveta, de um subúrbio de Stolac. Ela me pediu para pagar um táxi. Não respondi imediatamente, mas ela começou a falar se vitimizando. Contou que era viúva desde 1992 e que estava fugindo do cerco. Seu marido foi levado diretamente para o exército em um ônibus que sobreviveu a uma granada de mão, e eles o forçaram a atirar entre os olhos de dez jovens bósnios sequestrados na cidade de Konec. Ela diz que ele era um bom homem e, por isso, cometeu suicídio uma semana após a operação. Os cem marcos que ela recebe mensalmente do governo sérvio não são suficientes, e ela mora com seus quatro filhos em uma casa de um muçulmano que a deixou para ela e registrou em seu nome! Uma casa onde não há gás nem eletricidade, com janelas que dão para a mesquita da cidade velha, e filas para água ou pão, e na maioria das vezes você ouve tiros de atiradores próximos.

Pela primeira vez, olhei nos olhos de uma mulher sérvia e não duvidei da mentira de que o marido dela se suicidou! Eu tinha certeza das montanhas Krvanj, em cujas florestas se escondiam as pessoas que fugiam do inferno de Prisjeka chovendo granadas de mão. Também, conhecia a situação da aldeia de Kljna, em cujas terras a família Tralić, composta por pai, avô, mãe e três crianças, foi enterrada. Eles foram encontrados a uma curta distância da aldeia. Eles não podiam caminhar por muito tempo entre as montanhas. Os lobos dilaceraram seus corpos e espalharam seus ossos na estrada. Eu tive certeza de que Muhammad Tralić cometeu suicídio enquanto observava o grito sendo abatido dentro de suas roupas! Como ele poderia esquecer...?! Fechei os olhos por um momento até vê-la desaparecer num beco estreito, também me escondi dos rostos das pessoas e me contentei em fumar cinco cigarros seguidos, numa cadeira limpa pelo ar que passava e pelo movimento que começava a diminuir em direção à escuridão da noite...

Ninguém ouve as facas do tempo. Eu quero acabar comigo! O cúmulo do meu tormento seria um massacre se Ayla escondesse a verdade. Que verdade ela pode revelar? Talvez ela diga que se sentou tristemente no último assento de um ônibus que levava migrantes para Tirana. E que Sabina a recomendou que cuidasse de mim. Em Tirana, ela não encontrou nada que curasse sua tragédia, mas sim alguém que a aprofundasse. Não há casa para abrigá-la, nem paredes para protegê-la, exceto as paredes do vazio e um teto do silêncio. Não há escola, nem sonhos, nem alegria. Os produtos alimentares estão quase desaparecendo do mercado. Os preços sobem e os salários são equivalentes à capacidade dos corpos, e em cada esquina um bêbado vomita... e ela com medo desta cidade desolada onde as pessoas estavam aglomeradas. Ela dificilmente consegue encontrar um lugar para se amontoar, exceto um quarto que ela divide com famílias depenadas como um pássaro. Eles consolam uns aos outros quando precisam urgentemente de alguém para consolá-los.

Há algo que faz a alma se partir em duas diante da menina de oito anos, Dilsa Muhammad, que perdeu toda a família, por isso também entrou naquele quarto deprimente, antes de ser adotada por uma velha.

Encontrei-a ao seu lado numa longa fila num subúrbio da cidade albanesa de Elbasan, onde os meios de comunicação as filmavam e os voluntários do grupo do Crescente Vermelho do Kuwait distribuíam ajuda. Os meios de comunicação social eram diariamente preenchidos com imagens que comprovavam a escalada da campanha de deslocamento levada a cabo pelas forças sérvias dentro da província do Kosovo. Quanto aos aviões da OTAN, eles continuavam os seus ataques naquela altura contra as posições sérvias tanto na Jugoslávia como no Kosovo!

Ela tinha um rosto delicado e angelical. Os sérvios entraram em sua escola na cidade de Jakova, perto da fronteira com a Albânia, ordenaram que seus alunos saíssem para a praça e depois abriram fogo contra todos. Ela viu com seus próprios olhos seu colega ser morto, junto com seu professor de música, coberto de sangue no massacre escolar.

A advogada bósnia Delta Tocci, de 37 anos, era quem administrava a sala localizada no nono andar de um dos prédios da cidade velha nos arredores da capital, Tirana. Eles compartilham as mesmas histórias. Tudo foi destruído e todos foram reduzidos a restos humanos. Eles queimaram a casa dela e na fronteira levaram tudo o que ela possuía antes de permitirem que cruzasse para a Albânia e, antes disso, atacaram a casa da família do marido e mataram vinte membros dela, incluindo um grupo de vizinhos que acreditavam que o sótão da casa de Tuchi era seguro. Eles a separaram do marido e do filho, Ahmed, e cada um deles foi embora em um caminho...

Ela não sabe onde eles estão ou se ainda estão vivos.

Delta, tomada por um ataque de choro, levou as quinze pessoas que partilhavam com ela o antigo quarto a se juntarem numa longa choradeira que não conseguiu explicar todos os detalhes da tragédia. Mas Sabina certamente continha a maior parte dos segredos de sua perda, apesar de folhear as fotos de sua família todas as noites, enquanto explicava a Delta como era a vida em Sarajevo, como seu pai, sua mãe e sua única irmã, Amina, foram o modo como o destino a levou para Tirana na companhia de dezesseis pessoas. Parece que estou examinando a temperatura de seu corpo com meus dedos que enterro em seus poros.

Os segredos deles eram normais, então todos voltaram para a Bósnia sem eles! O fotógrafo Amjad Ali, que encontrei pela segunda vez, estava sentado ao meu lado na cadeira de madeira em frente à sede das Nações Unidas em Sarajevo. Eu o encontrei pela primeira vez no início de 1997, no aeroporto de Rinas, na capital Tirana. Ele vinha da Macedônia e eu da Bósnia.

O aeroporto em que nos encontrávamos era como se estivéssemos numa base militar: os helicópteros Apache, de cor carvão pálido, estavam parados no pátio do aeroporto de forma circular e havia uma cerca de arame farpado em torno do aeroporto todo, enquanto os aviões de ajuda continuavam a pousar, vindos de países árabes e ocidentais. Na estrada entre a pista do aeroporto e o prédio de controle dos passaportes, estavam alinhados veículos blindados da OTAN e quatro helicópteros pertencentes à Força Aérea dos Emirados Árabes Unidos e outros helicópteros pertencentes às linhas aéreas egípcias. Um lugar miserável, cujos pisos estavam quebrados, e então nos puseram em um microônibus frágil que nos colocou na estrada que vai do aeroporto ao centro da cidade, uma estrada lotada de caminhões de carga desgastados também.

A pobreza era evidente nas feições das crianças que, com roupas rasgadas, cumprimentavam os carros que passavam. Atrás deles, estava a visão de forças militares densamente dispersas nos campos desde os dias do antigo governante da Albânia, Enver Hoxha. Apesar disso, enormes anúncios de fundos de investimento, de refrigerantes, de cigarros americanos, de celulares e de computadores se espalhavam por essa estrada. Adjacente ao cenário de meios de transporte primitivos, como cavalos puxando carroças de madeira carregadas de feno, alfafa e também humanos. Ali, em frente ao edifício da sede das Nações Unidas, ele me disse pessoalmente: Foram separados em duas partes durante o seu regresso à Bósnia! Ele não sabe para qual destino Sabina foi direcionada!

Dividiu-se em duas partes durante o seu regresso à Bósnia, acompanhados por refugiados que se juntaram a eles vindos de outros subúrbios. E foi ele quem filmou!

Todas as fotos estavam datadas. Uma delas era a de um bósnio que cometeu suicídio se queimando depois de receber a notícia de que todos os membros da sua família haviam sido massacrados, e outra de um homem de oitenta anos que morreu bêbado no telhado de um prédio, desesperado pela morte que demorou vir. Bektash, de 77 anos, caminhava pelo campo de refugiados perto do encantador lago Lechni, no centro de Tirana, apoiado na sua bengala de madeira, quando contou a Amjad Ali sobre os seus três filhos que foram massacrados diante dos seus olhos, quando os soldados convocaram os residentes sérvios da sua aldeia no Kosovo, a Dušanov, e os reuniram na praça da aldeia. Eles escolheram vários rapazes e pediram aos pais que ficassem com os filhos no meio do círculo na praça verde. Deram ordens aos filhos para cometerem indecências contra os pais na frente de todos. Eles gritaram para eles: Este é o seu destino, seus ratos, se vocês não deixarem nossa terra. Vocês devem deixar este lugar dentro de dez minutos, vão contar aos outros sobre o poder dos sérvios, e não deixem que eles pensem em voltar novamente para profanar nossa terra.

Bektash, cujas mãos tremiam enquanto segurava sua bengala, voltou às lágrimas, dizendo:

— Nunca esquecerei o que aconteceu quando esses jovens rejeitaram as ordens. Eles os massacraram, incluindo meus três filhos.

Agora ele vive em paz quando a sua morte foi anunciada antes de regressar à sua aldeia... O fotógrafo deslocado da cidade de Tuzla continuou a ouvir a minha conversa como se estivesse tentando mumificar o momento. Mas não conseguiu encontrar uma pista que indicasse se a vida havia estabilizado a Sabina, em Sarajevo, ou nas aldeias próximas ou se a morte se satisfez com o esquecimento dela embaixo da terra?! Nossa procura era útil ou não?! A pergunta que aterroriza as feições do meu rosto quando a assombração de Sabina me ataca e grita: Levante-se e rasgue a sua alma sobre mim! Você não está me ouvindo?

Pesadelos, devaneios e a mistura entre sua voz e o som dos pássaros. Olho para a cidade todas as manhãs ao acordar no chão do quarto ou na cozinha, onde às vezes me esqueço quando estou bêbado em excesso. Então eu me amaldiçoo excessivamente.

Quando a conversa parou entre mim e Amjad, ele foi para dentro do quartel-general. Enquanto permaneci sozinho, tal como estou sentado agora na Rua Farhadiya, repeti a minha maldição sempre que o ar frio passava, me lembrando do que Ayla diria! Ayla, que veio numa noite chuvosa cheia de lembranças e mil sonhos que eu havia desejado há sete anos, nos quais esperei por ela e perdi alguns dentes e o brilho dos olhos.

Descanso a cabeça nas batidas rápidas do meu coração, quase consigo tocar os poros de sua pele e me lembro de tudo sobre ela: seus traços, a cor de seus vestidos e o penteado que ela preferia usar, o som de seu sorriso quando meus lábios tocaram suas bochechas, e todos esses desejos reprimidos que afogam minha noite quando a vejo em meu sonho cercada por facas mortais e rostos de porcos sérvios. Talvez um dos soldados carregasse cigarros consigo para se divertir enquanto arrastava o corpo ensanguentado dela, mas assim que olhou para os raios turvos dos olhos dela, ele voltou e o viu andando pelos corredores de um porão escuro como breu, com nenhuma saída e nenhuma esperança além de peles pegajosas e aglomerados de saliva.

    A rua que atravessei no primeiro dia após minha libertação da prisão, onde reclamei de Teerã, reclamei de sua traição e de seu esquecimento de mim, enquanto chorava pela liberdade que provei com o primeiro sanduíche de queijo que coloquei na minha boca. Choro baixinho embaixo de um espinheiro, diante do qual passam mulheres, vendedores de cigarros e o ar agradável. Tive que viajar para a Bósnia imediatamente, mas não antes de culpar Teerã enquanto jogava metade de mim na porta da nossa casa. Não sei como cheguei à Rua Quatorze e nem como reconheci a sua porta preta, que foi substituída por uma verde-clara. Como encontrei a campainha, onde os novos proprietários pintaram com decorações escuras?

    Não há nenhum som na campainha da minha casa, exceto os calafrios e os meus dedos, que imaginei serem feitos de cera moldada. Ninguém ouve meus calafrios. Nem aquela velha que me olhava por trás da cortina lá em cima, bem no meu quarto, onde minha mãe me beijava todas as noites antes de eu dormir! Não me encontrei. As pessoas mudaram lá. Pela primeira vez me sinto alienado depois dos vinte anos de minha vida que passei no Irã, onde encontrei apenas dois túmulos, um para meu pai e outro para minha mãe. Ali posso admitir que só encontrei as lágrimas que derramei entre os seus túmulos, repetindo: Adeus, santa, que mataram na minha ausência. Adeus, santo, que morreu protestando contra a vida! Sair de um cemitério memorizando todos os seus detalhes, mesmo tendo o visitado uma vez. Saio como se um homem carregando um machado e facas arrastasse meu cadáver atrás de si, fumando tristemente. Assim que ele olha nos meus olhos, ele sente a estranheza e a feiura do que está fazendo.

Tive que perguntar: quando meu travesseiro vai parar de ter esses pesadelos? Durante sete anos, meu carinho e saudade dela não me abandonaram, mesmo nos momentos mais intensos de choro. Ela foi o sonho no qual construí minha casa e moldei nossa linda filha — de sonho — Yasna. Ninguém me salva do choro da vida, exceto as paredes manchadas de sangue e com as expressões de saudade e nostalgia. As paredes que compartilharam a minha conversa sobre ela, até que meus segredos foram expostos a todos os internos que estavam zombando de mim, perguntando se eu estava falando sério sobre amá-la e sonhar em encontrá-la depois dessas noites cheias de insultos, espancamentos e fome, e aquelas horas que passavam terrivelmente devagar? Não há nada de comum exceto os espasmos do companheiro de cela Dariush, que costumavam acontecer uma vez a cada três dias.

Dariush, em quem aflorou a loucura e a doença. Tudo o que tive que fazer foi responder com um sorriso que escondi com os dedos que estavam sem unhas! Ayla, que não poupou esforços para me enviar cartas em nome de Sabina, suportou as advertências e os insultos da mãe por minha causa. Sua mãe, que trabalhava em lares após a morte prematura de seu pai, abandonou os estudos, ela também, para vender fios de lã com o irmão em Bazer Al-Madina todas as segundas-feiras. Seu irmão, que ainda não tinha treze anos, fugia de suas mãos para tingir sapatos e vigiar a cerca de sua escola, amaldiçoando a pobreza e a moral bárbara, sempre que um homem tocava seu corpo. O primeiro deles foi o guarda da escola que tinha a idade do pai!

Para ele, os homens nada mais são do que monstros que atacam os meninos, sua mãe descobriu isso ao ouvi-lo chorar no banheiro, reclamando de dores nas nádegas, e a partir daquele dia o proibiu de sair de casa sem ela. Esta é uma vida fedorenta que Ayla viveu, e minha amada provou mais do que isso... Ela me dirá: Fique na fila dos humanos. Vou obedecê-la e ficar de pé. Lembrarei como a mente enlouquece quando é tocada pela perda e pela privação. Não estarei em melhor situação do que o magro vendedor de Coca-Cola que perdeu a racionalidade enquanto falava comigo numa fila em que muitas vezes fiquei em frente a escritórios relatando pessoas desaparecidas durante a guerra. Ele falou comigo em termos confusos enquanto alucinava sobre sua habilidade sobrenatural de encontrar qualquer pessoa desaparecida. Ele repetia apontando com a mão direita:

— Aqui no meu peito... no meu peito eles morreram...

Não zombei das palavras dele, mas o abracei e lhe apertei as mãos fracas. E em seus olhos brilhava uma lágrima que se recusava a cair. Ayla, você precisa saber que ele foi colocado em um campo sérvio especializado em tortura antes da morte. O sangue de sua filha e esposa escorreu por seu peito nu depois que eles atiraram nelas na frente de seus olhos, e ele foi forçado a colocar seus corpos em uma única sacola. Vou ficar de pé e lembrar quantas vezes o vendedor de Coca-Cola chorou sozinho...?

Vou me levantar e me atacar, enquanto olho nos seus olhos, que não pronunciavam uma palavra, mas transbordavam uma torrente de sentimentos enquanto você segurava o meu braço, repetindo de cor: Ó Maria! Jesus! Sejam mais gentis com ele. É como se você me guiasse até o lugar onde Sabina foi sua companheira e de onde se separaram... Eu me levanto e fluo de seus olhos gentis para os porões de minha alma onde Sabina estava perdida. Você teve medo de que eu desmaiasse se a encontrasse entre minhas coisas acumuladas no porão? É como se você conhecesse a história do meu tormento sem que eu lhe contasse. Com toda a sua intensidade, eu me vi. Pedi a ela que me deixasse colocar minha cabeça em seu peito. Talvez houvesse dentro de mim uma necessidade que me impelia a sentir o cheiro de Sabina entre as costelas de Ayla!

Há aqueles que estão perdidos para sempre... Sabina pode estar entre eles! Quem guarda essas palavras perdidas em meu sangue? Somos ambos sem pátria, Sabina. Então eu sou de dentro do lugar estreito. Da minha prisão em Teerã, domestiquei a minha paixão e a minha paciência em escrever para ela as mais belas histórias, é como se eu estivesse vendo o farfalhar de uma árvore e ouvindo o chilrear de um pássaro. No entanto, prometi a ela que lhe contaria tudo se eu sobrevivesse.

Mesmo tendo sobrevivido, minha cama em uma caixa de papelão em um túnel de metrô ou em um banco de um parque, nada disso é suficiente para que uma única palavra do meu tormento, nem mesmo dormir com ela para acalmar!

Meu encontro com Ayla não foi agradável. A resposta dela foi como eu esperava. Assim como os crânios que jazem no subsolo com a grama acima deles tremendo de solidão, quando perguntei a ela sobre a verdade, ela não respondeu. Como portas que estavam paradas resistentes na frente do vento, mas sem chaves. Como a ressurreição que vem de repente, transformando a planície verde num cemitério gemendo, quase rastejando para dentro da cidade escura desde que você saiu e levou o sol com você. Esta noite deve conhecer minha tristeza. Sinto um estranhamento e medo, os guardas dos meus pesadelos, cães ferozes!

Foi a última vez que encontrei Ayla, e o mesmo aconteceu com Amina, se despedindo dela na estação de trem com um beijo frio que expressou sua decepção e a de todos nós.

Agora voltei junto com o sol que começa a se pôr e obscurece minha respiração crescente.

●─────●⬦⬦●─────●

Como tratamento para os tremores que me afligiam, decidi dormir. O ataque de choro e soluços lentos em que caí era habitual para minha vizinha de cinquenta anos, Annie Leibovich, que o ouvia intermitentemente todas as noites. Me lembrava dela todos os dias enquanto ela ficava na porta da escola onde estudei com Sabina, vendendo palitos de salsicha cozida e seus cabelos voando como penas. Costumávamos chamá-la de "Pena". Aqui ela está depois de um intervalo de três anos, como se tivesse se recuperado da morte do marido e das três filhas num acidente de artilharia sérvia. Ela fica ao lado de uma árvore alta como se estivesse guardando nossas memórias, evitando falar com qualquer outra pessoa e murmurando orações sobre mim.

    Refugiei-me na imagem de Sabina parada de lado, com metade do rosto tímido. Não me lembro de quantas vezes a beijei ou dos lugares de seu corpo que exalava um perfume que nenhuma outra mulher jamais havia exalado. Não me lembro quando terminei e nem mesmo o último suspiro que compartilhei com a lucidez. Acho que foi sua risada brutal que me fez dormir e me salvou do cheiro de peixe que emanava de um restaurante próximo e do latido de cachorros famintos. Dormi dois dias inteiros sem comer nem beber, até que no terceiro dia senti que estava apodrecendo, então arrastei meu corpo até o banheiro sem pensar em ficar na frente daquele espelho abandonado para contar meus cabelos grisalhos que começavam a se multiplicar. Tomei um banho quente e depois fiz as orações perdidas sem ir à mesquita próxima. Eu não pensei em comida. Eu só pensava no dia de ontem, que surgiu selvagemente entre as sombras de Ayla, e nesse momento em que peguei a minha cabeça se aventurando na ideia de viver, entre cadáveres desconhecidos no jardim da morte, e correndo para dentro dele. Aqui estou eu, trabalhando o dia todo por um ponto para colocar no fim da linha, suportando mergulhar o pé em um barril de petróleo. Eu quero que esse inferno acabe.

    Inferno, cometi um erro quando pensei que ele estava em uma cela estrangulado. Depois que aceitei a ideia da minha morte, descobri que não aceitava a ideia da morte dela! Então eu conheci o inferno mais tarde.

    Na Bósnia, que te leva ao porão da vida, onde seu estômago incha sem que ninguém deixe a chave do remédio debaixo da porta. Bósnia, cujo verde me escurece quando ouço o barulho dos ossos empilhados numa vala comum. Bósnia, que me sufoca com a sua beleza encantadora, e mal consigo respirar senão a umidade do túnel de cerco perto do aeroporto de Sarajevo, que sitiaram durante mais de três anos. A ideia de cavar o túnel surgiu, cinco meses após o início da guerra, para contrabandear alimentos e armas. Sua extensão é igual à duração dos dias da minha detenção, 865 metros! No mesmo mês de julho do ano 1992 em que nasci. O estranho é que passa por baixo da pista do aeroporto de Sarajevo, tal como o ar úmido passava por baixo da porta da minha cela enquanto eu tentava explicar a um dos reclusos curdos, à minha maneira, como são as valas comuns. Levantando os dez dedos da minha mão, mostrando que tem que multiplicar trinta vezes, depois cavando o chão frio da cela com minhas unhas compridas e sujas, um gesto demonstrando os trezentos cadáveres que estavam alinhados em ambos os lados de uma longa trincheira, pessoas com as mãos amarradas e olhos vendados. Eles atiravam nas pessoas, e quem caía na trincheira ficava, então eles jogavam a terra em cima com o auxílio de grandes escavadeiras sem saber que alguém era enterrado enquanto respirava. Caíam como folhas de outono num verão sufocante.

    Dificilmente se consegue encontrar um espaço no local da morte em massa, exceto uma janela com vista para a fumaça dos canhões sérvios próximos e um rádio de onde se captam notícias da trégua, do cerco, do cessar-fogo e da previsão de que armas cheguem aos bósnios. Apenas! Depois que conheci as viúvas daquele massacre na cidade de Magalie, foi difícil perguntar a todas elas de uma vez o que aconteceu. Enquanto meu amigo curdo Jalal correu para trazer água fria para lavar meu rosto! Pois eu estava prestes a vomitar...

    Ali, perto de um lago estagnado, não se veem cabeças vermelhas como melancias, o tempo mudou e produziu uma morte louca! Vi tudo isso com meus próprios olhos, mas ainda tenho dentes! Há sete anos, escrevo minhas memórias, rezando para que o tempo me informe rapidamente da notícia de sua existência, sem que a noite se canse de minha contemplação. Escrevo, tentando ignorar meu terror se Amina um dia batesse na porta e gritasse chorando:

— Encontraram ela como um cadáver queimado e em sua mão eles martelaram parafusos, juntando os ossos de outro cadáver!

No entanto, não consigo salvá-la do terror e das convulsões. Como faço para salvá-la dessa coisa sem nome? Coisa que foi capaz de deixar em nós uma longa história de falta de moradia, perda, migração e choro. É verdade que este inominável nos salvou da morte, mas desafiou a nossa fé na vida! A vida que congela um sorriso nas cabeças de perucas secas sorrindo atrás das vitrines. Uma vida que reúne metade da humanidade em pontos de ônibus e túneis de trem. No hospital, nos cemitérios e nos abrigos e nos peitos das mães vestidas de preto, que abrigam as bordas da dor, os suspiros da tristeza e os uivos do sacrifício.

Eles se reúnem em campos de estupro e bares, enquanto metade deles fica na memória acumulada, sem planejar essas coincidências! Toda essa divagação de perguntas dolorosas foi interrompida pelo estalar de dedos da Amina. Realmente veio como eu previ. Mas ela me disse algo diferente do que eu estava dizendo a mim mesmo. Ela me disse que a senhora Marwa, pela segunda vez, nos levaria amanhã, acompanhada pelo fotógrafo Amjad Ali, à cidade de Tuzla – a terra dos lagos adormecidos. Meu rosto estava molhado com a água salgada! Minhas mãos ainda arranhavam o chão na forma de um buraco escuro. Quase aumentei o volume do meu sussurro, pois havia perdido a memória viva de como chorar:

— Venha, Amjad, tire uma foto aqui.

Ele tirou uma foto dos remédios vendidos nas calçadas das ruas depois que os hospitais da cidade foram destruídos. Ele tirou uma foto das planícies e nascentes da cidade enquanto sua beleza se desvanecia de tristeza, enquanto os refugiados eram banhados no barril de corantes.

— Venha filmar o som do farfalhar dos ausentes, pois o gemido dos torturados é suficiente para expulsar a vida da cidade. Estas são as histórias que permanecem mais vivas e ardentes do que a própria guerra, histórias que carregam nos seus corações as ruínas das cidades caídas e caminham com elas pelas suas ruas em chamas. Ela se arrasta como um pai arrasta seus filhos com as suas sacolas de roupas para escapar do inferno.

Amjad certamente não me ouviu. Terminei de raspar a barba em pé na varanda do meu quarto, como gostava, e depois sentei-me em frente à Amina. Ela, por sua vez, quebrou rapidamente o silêncio e se levantou para pegar um copo d'água e uma toalha, enquanto vestígios de sede apareciam em meus lábios sem que ela percebesse a água que escorria no meu rosto! Num momento, dissemos juntos: Sabina!

Fiquei confuso, então ela pegou de mim a toalha e o copo d'água. Eu perguntei a ela:

— Qual é o problema com ela?

— Eu a vi ontem à noite em meu sonho. Ela estava deitada em um caixão branco amarrado a um carro que nos levava para um lugar distante. Durante todo o caminho, reclamei da velocidade alucinante do motorista, como se ele quisesse terminar o trabalho. Lembro que você teve uma ideia maluca. Você pediu ao motorista que parasse em uma das estações sob o pretexto de que precisava ir ao banheiro. Mas você rapidamente agiu como um louco. Você desafivelou o cinto dela e tirou o corpo dela para se sentar ao seu lado no banco de trás. Você queria segurar as mãos dela, apoiando a cabeça dela em seu ombro enquanto olhava para seu rosto adormecido pacificamente até chegar ao cemitério.

— E eu fiz isso?

— Tudo o que você podia fazer era encostar o nariz no xale dela, que ela costumava amarrar no pescoço, para sentir o cheiro. Quanto a mim, acordei para recolher as coisas de Sabina que ela havia deixado na caixa antes de desaparecer, coloquei o pente e os brincos debaixo do meu travesseiro e continuei meu sono...

Levantei a minha cabeça, que estava curvada como um idiota ausente. Ela levantou o meu queixo:

— Beijaman... Beijaman.
Não lhe respondo, como se estivesse no escuro, cego e surdo, apesar do brilho do sol. Sigo o cheiro estranho do lenço dela. O cheiro dos seios misturado com suor, dedos e lágrimas salgadas. Ou ensaboei meu corpo com as roupas dela até adormecer e não acordar... Como o caminho até ela era longo, tivemos que mergulhar nos detalhes e nos aprofundar neles. Não percebi que Amina havia permanecido no salão até que acordei do meu cochilo e a encontrei amarrando os sapatos, me lembrando do compromisso de amanhã. Perguntei se ela tinha comido alguma coisa e ela disse que não. Sugeri que fizesse uma omelete e ela concordou com relutância e sorriu:

— Ontem tivemos omelete na casa do Goran!
— Goran?!
— Sim. Ele me levou para sua casa depois de me encontrar em um funeral e não em uma celebração. Você nunca me disse que vamos até o ponto mais longe da destruição quando começamos a buscar momentos felizes, longe dos mortos que perdemos na guerra...?!
— A propósito, Goran lhe contou sobre o resgate de uma das filhas do Sr. Zahir Suchits? Acho que você foi com ele consolá-lo pela Fatiha de sua filha Khadija, que chegou cinco anos atrasada!
— Sim, exatamente Khadija, mas ele não me contou nada, exceto como prepara uma omelete com legumes.

Abri a janela da cozinha e pedi que ela se aproximasse e visse o monte Bjelašnica, arborizado com árvores escuras. Ela se aproximou e seus cabelos voaram no ar enquanto ela olhava como se pela primeira vez tivesse visto os arredores de Sarajevo, aninhados no sopé das colinas.

Ela me perguntou se eu queria tomar um rakija,[18] mas não respondi.

---

[18] Rakija se originou da palavra árabe Al-rak, uma bebida feita da uva, e foi levada à Sérvia pelos turcos entre os séculos XIV e XV. A palavra se referia à bebida alcoólica Arak.

— Lá, atrás desta montanha, fica a bela vila de Hanbela. O Sr. Dahir trabalhava como cozinheiro em um antigo restaurante turístico. Ao pôr do sol de 8 de dezembro de 1994, ele teve um encontro com morteiros que começaram a chover bombas sobre a aldeia. Seguido por poderosas saraivadas de metralhadoras de soldados de infantaria. Este foi um prenúncio de sua deportação para destinos desconhecidos. Os que sobreviveram correram em busca de transporte. No centro da aldeia havia cerca de duzentas famílias, algumas delas desaparecidas! Apesar disso, o único sussurro sobre o número de vítimas é quase inaudível. Pela última vez, Dahir viu suas filhas gêmeas sendo levadas para o ônibus, haviam dividido os homens entre outros ônibus. Porém, seu amigo conseguiu afastá-lo de seus choros e súplicas para que pudessem escapar juntos em meio ao caos e de olhos focados para trás registrando a cena com detalhes tristes, para que ele pudesse desaparecer na montanha e depois fugir para Mostar, onde conheceu Goran! De uma forma estranha, semelhante a uma coincidência ou milagre, Asmaa voltou para seu pai por meio de Goran. Enquanto Khadija permaneceu desaparecida até que seus ossos foram descobertos em um cemitério não muito longe de Mostar. No entanto, Dahir ainda lamenta ter perdido a oportunidade de entregar as suas duas filhas a um dos vizinhos, que conseguiu se esconder dos olhares dos sérvios, no dia em que ofegava com as filhas descalças, enquanto atravessavam o beco para escapar das bombas e ao som assustador dos alto-falantes.

— Você acha que Khadija foi vendida para traficantes de pessoas?

— Sem dúvida. As demais também foram vendidas.

— Que vergonha para as nações que permaneceram em silêncio e encobriram estes crimes humanos.

— Você entende agora por que os olhos das mulheres bósnias sempre olham profundamente quando olham pelas janelas dos ônibus?

Olhei-a nos olhos e lhe disse:

— Agora me sirva rakija.

•————•◇◇•————•

Aqui... exatamente às oito da manhã, perto do Teatro Nacional de Sarajevo, nós três nos encontramos, Amina, Amjad e eu, em um dos restaurantes populares no coração da cidade velha de Sarajevo, no calçadão de Bash Charchia, e comemos sanduíches recheados com manteiga e geleia e bebemos xícaras de chá fumegante. Embarcamos às pressas no ônibus cujas passagens haviam sido compradas por Amina dois dias antes. Os ônibus haviam parado em Tuzla por um dia após o ataque de um homem armado que abriu fogo dentro de um ônibus, matando seis pessoas, enquanto os feridos eram levados para um hospital perto da aldeia de Lipnica Gornja, perto de Tuzla. A viagem entre Sarajevo e Tuzla é de 120 quilômetros.

Uma viagem por uma estrada sinuosa entre uma capital e uma cidade deitada entre planaltos ricos em minas de carvão. Via Fogocia, partimos para Tuzla. Este subúrbio testemunha mudanças contínuas, apesar das duras memórias da guerra e da destruição que deixou para trás. Estamos agora no ônibus e a voz do Alcorão recita humildemente a Surat Yasin. Amina mantém o costume das mulheres bósnias de olhar pela janela para a paisagem dourada, em busca do cheiro de Sabina, que poderia ter passado e deixado Sarajevo para trás. Uma modesta senhora de cinquenta anos se aproximou dela, lhe oferecendo um lenço branco que ela havia tirado da bolsa e lhe dizendo com voz confusa: "Suas pernas... cubra suas pernas, minha filha!".

Quanto a Amjad, ele estava focado escrevendo em um pequeno caderno. Fiquei curioso para saber o que ele estava escrevendo, então perguntei a ele sobre isso, e ele estava ocupado lendo os detalhes das falas:

— As pessoas aqui, em todas as aldeias e em todas as cidades, assim que ouvem que tem um funeral, reúnem-se para realizar a oração e a cerimônia fúnebres. Eles se unem para que a família do aflito seja mais apoiada. Atendi pessoalmente o funeral dos filhos da Sra. Yulia, a quem transmitimos a localização dos túmulos de seus filhos por meio destas anotações. A Sra. Marwa me entregou um exemplar deste livro sobre pessoas desaparecidas...

— Yulia? Você tem certeza do nome dela?
— Sim. Por que você pergunta, Beijaman?!
— Edna, filha de Yulia. Ela era amiga de Sabina. Edna escapou da morte, mas provou dela quando foi estuprada na frente dos irmãos, após ser torturada. Ela era muito bonita e estava ao lado de Sabina na Faculdade de Pedagogia.
— Você sabe como Yulia reconheceu seus dois filhos?
— Não...
— Perto da cidade de Maršić, a leste de Tuzla, Yulia escolheu um lugar seguro para escapar do cerco de Sarajevo. Na verdade, não houve fuga, exceto para a morte. Em novembro de 1997, o croata Dr. Musa liderou a escavação da maior vala comum do local. Ele viajou em um comboio de cinco ônibus. Ele estava no primeiro ônibus que incluía trinta passageiros e eles estavam a caminho de um lugar desconhecido que seria anunciado mais tarde em sua chegada! Era um inverno frio e Edna tremia de exaustão. O local não fica longe da detenção de fevereiro de 1992, onde os corpos dos que os procuravam foram descobertos em uma vala quente que levou mais de quatro dias consecutivos de trabalho. Uma vala que tinha 10 metros de profundidade, onde os ossos dos mortos ficavam prensados e se misturavam à umidade. Era um trabalho árduo pois os trabalhadores eram treinados com a forma certa de coletar ossos de corpos empilhados. Imagine comigo, o crânio primeiro apoiado para trás e, em seguida, os ossos complexos do tórax, passando pelas coxas, que muitas vezes são maiores ou menores, são reorganizados, e dos cotovelos até os dedinhos. E até que eles se levantem da sua posição de morte. O Dr. Musa ficou à beira de uma antiga mina, a 80 metros de profundidade,

e disse as suas famosas palavras: "Os mortos recitam suas orações no escuro, e dormir nesta profundidade é apenas uma preparação para a ressurreição!".
— Quantos corpos havia?
— Ele e sua equipe exumaram duzentos corpos juntos, alguns dos quais tinham carteiras de identidade, todos algemados e com ferimentos de bala na cabeça. Os mortos não carregavam armas, mas alguns deles foram enterrados vivos. Por outro lado, cadáveres amontoados foram retirados de poços, cavernas, lixões e debaixo de pilhas de ossos de porco. Os filhos de Yulia estavam entre eles.

Não comentei o que Amjad disse. Pedi-lhe o livro e ele me entregou. O livro é dedicado às vítimas de Sarajevo e dos subúrbios e aldeias vizinhas. No entanto, não se pode confiar nele de forma alguma. Não é possível limitar as vítimas num livro nas circunstâncias da guerra atravessada por Bósnia e Herzegovina! Ele incluiu mais de 400 nomes entre suas grossas capas. Organizados em ordem alfabética e acompanhados de fotos e da data aproximada do sumiço. São oito fotos em cada página. Oito histórias rasgadas. Para quem perdeu a foto, foi colocada em seu lugar a imagem de uma flor de avelã, o emblema da Bósnia, e muitos dos fugitivos fugiram sem levar documentos que o comprovassem. Muitos deles cresceram sem saber como era o pai ou como eram os irmãos mais velhos. Sem características, sem descrições, nem mesmo colares memoriais. Embora o livro seja frio, parece brutal e provoca lágrimas ao virar as páginas, Maomé Bacha, Ismat Atef, Fikrat Tarzico etc... Nomes sem fotos.

Certamente, foram levados à força das suas casas para campos ou para florestas densas. Na página 287, há fotos dos filhos de Yulia: Defriss e Ladris. Gêmeos na flor da idade. A foto foi tirada no ano de 1970, no pátio de sua escola primária, Sheikh Muhammad Shams Al-Din. Quanto aos desaparecidos das fotos, eles são identificados pesquisando em registros escolares e universitários ou em escritórios do exército e departamentos governamentais. As ligações também quase nunca param na televisão, no rádio e nos jornais. Há quem ligue regularmente para contar sobre a foto de uma pessoa desaparecida encontrada em um álbum contendo fotos de grupo de alunos da escola, por exemplo, ou durante uma viagem para pescar ou esquiar. Todo mundo quer que seus filhos tenham um túmulo, e este livro atende alguns desejos! Antes que eu pudesse fechá-lo, o ônibus parou em uma das estações a pedido de um dos passageiros idosos. Talvez para se aliviar, alguns aproveitaram para descer também.

    Eu estava me sentindo sufocado e Amjad estava escondendo uma surpresa para mim. Não muito longe do ônibus, desci com ele, com o livro na mão. Caminhamos até uma mesa isolada sob um pinheiro gigante. Amjad parecia confuso e ansioso, como se estivesse hesitando em dizer algo. Olhei em seus olhos e perguntei o que havia de errado. Então ele desenhou no ar o número 99. Abri a página e um raio sacudiu o local como se uma galáxia tivesse atingido o solo. A imagem de Sabina amarrando um lenço rosa no cabelo veio à minha cara. Ela estava ao lado de um carvalho, sorrindo tristemente para a câmera. Naquele momento, ela era a água e eu era o inferno, a água que me despojava de tudo, até que não senti meu coração, que cresceu aleatoriamente em forma de cogumelo, pela quantidade de choro, gritos, lamentos, e chutes na árvore que também chorava. Eu a segurei perto de mim muito depois de beijá-la de todos os lugares. Me levou tudo. Um redemoinho de vento frio me pegou e uma pergunta me picou: está tudo acabado? Os passageiros se reuniram ao meu redor, me confortando. Alguns deles choraram por mim, outros me abraçaram e alguns se contentaram em me consolar com as palavras habituais: Lembre-se de Deus. Todos nós estamos indo encontrar nossos mortos!

    Tentei ignorá-los e pensar em como foi que aguentei toda essa espera durante estes anos. Eu não aguentava mais toda essa espera durante a qual treinei na língua sagrada da morte, tentando, com o coração partido, superar minha escravidão a ela e minha rendição a falar dela. Fui um traidor da morte quando pensei na vida de Sabina? Fui conivente com nossa filha imaginária, Yasna, para proteger nosso ninho do vento? Mas eu me pergunto: quem está procurando uma desculpa para a razão num momento louco como esse, que parecia uma queda de meteoro? Perceba-me, vento. E me leve com você para que eu chegue antes deles. Minha cabeça perdida se enterrou no peito de Amina, cujo choro se misturou no meu sangue até doer e se tornou leve e fluiu em cada célula de mim, até que floresceram as palavras que ela sussurrou em meu ouvido:

— Sabina, ó Beijaman. Então é a minha irmã Sabina.

Levantei minha cabeça com dificuldade e tentei dizer alguma coisa, mas perdi a voz e não me senti até conspirar comigo mesmo e me carregar até o ônibus depois que os passageiros voltaram. Temos que chegar na hora certa. O recitador do Alcorão continua a recitar como se estivesse nos consolando. Houve suspiros profundos que não deixaram as feições de alguns, pois estavam ocupados olhando para longe! Assim como eles, abri a janelinha e comecei a pensar nos próximos passos. O que farei e onde a colocarei? Amjad se contentou em repetir o que algumas pessoas repetiam: "Não há poder nem força exceto em Deus", enquanto ele apertava minha mão com cada palavra. Tudo ficará como deveria ser, Beijaman!

Tinha uma estranha calma ao meu redor.

A região de Samiz, Vats e Olvo pode ser avistada entre as curvas de montanhas verdes e por longas distâncias pitorescas. Lembro que meu pai levava minha mãe para fontes de água quente e tratamento com enxofre. Naquele dia, eu estava mastigando carne assada ao ar livre, sem pensar que um dia passaria por aqui em busca da carne tenra de Sabina, de seus ossos secos, ou de sua alma que ainda respirava em algum lugar.

Assim que avistamos as entradas da cidade, Tuzla nos acolheu como se nos consolasse: planícies verdes, vales e beleza repousando em tudo. Perto de Tuzla, os moradores próximos cuidavam das flores que subiam pelas paredes e pelas varandas de suas casas. Ficamos impressionados com o perfume dessas flores, e elas ecoavam as vozes dos recitadores que repetiam versos do livro sagrado em preparação para a noite do Alcorão, como era habitual. A população de Tuzla era semelhante à população de Sarajevo. Ambas eram apaixonadas pela beleza e amavam a água. Eles construíam suas casas às margens dos rios, perto de nascentes ou nos caminhos para os rios. Os pátios internos possuíam fontes de água utilizadas para decoração. Como na Praça Chershia, Haji Hasanova e Kurchumlya. No entanto, o ataque demográfico foi claro. O número de croatas na cidade aumentou devido à migração de bósnios para a Turquia e outros países. Uma mistura de bósnios e croatas está distribuída entre os seus quatro distritos: Vrbasko, Brcko, Jeremorsko e Žaško, todos sangrentos apesar da sua vegetação. Vinte e cinco mil foram mortos e mais de 250 mil foram deslocados após passarem por campos de detenção em massa.

 Eu também comecei a procurar uma janela de onde pudesse sentir o cheiro da chuva, mas descobri que estava protegendo a janela do espectro da minha tristeza, e a música dentro de mim gemia excessivamente, como se eu estivesse ouvindo as minhas lágrimas caindo sobre uma flor que crescia entre as rochas sem que sangue novo saísse de suas veias secas. Digo a mim mesmo: Não há raio de luz. Há uma injustiça generalizada entre nós. Não inventamos a morte nem os caminhos que levam a ela. Estávamos apenas enterrando nossos segredos ao vento e cantando.

 Eu falava comigo mesmo sem olhar para Amina e Amjad ou para alguns dos assobios dos passageiros locais que não mudaram esse hábito, até que paramos completamente na principal estação rodoviária de Tuzla, e foi a última coisa que ouvimos por meio de notícias transmitidas pela rádio, indicando que a comunidade internacional estava avançando no sentido de responsabilizar os criminosos de guerra e de procurá-los depois de desaparecerem. O procurador públi-

co do Tribunal Penal da Bósnia e Herzegovina foi categórico quando disse:
— Exigiremos então que a Sérvia entregue os criminosos de guerra.

Estávamos acompanhados por algumas mulheres que pertenciam a associações feministas ativas nos direitos das mulheres na Bósnia e que vieram para continuar as suas atividades em Tuzla. A cidade que foi dividida com a sua irmã Srebrenica: o massacre mais horrível da história da Europa moderna. Mulheres com nada além de expressões de raiva e tristeza em seus rostos. Quando contam as suas histórias como se uma imaginação demoníaca as tivesse tomado. As associações possuem *sites* próprios na internet e são financiadas por organizações internacionais. Associação Fátima, Associação Sima, Associação de Mães de Srebrenica e outras associações. Algumas delas usavam camisetas brancas com as palavras escritas em negrito e cercadas por manchas de sangue claras:
"Onde estão nossos filhos?"
"Nossas crianças estudam com os assassinos!"
"Dayton, sua criminosa! A nossa pátria é a Bósnia, não a República Sérvia."

Fomos acompanhados por um ônibus no qual estava escrito "especial para transporte de estudantes" até a sede do Comitê Internacional para Pessoas Desaparecidas. O lugar é considerado a preocupação humana mais importante do planeta. Onde se reúnem centenas de famílias de vítimas. A enchente do rio Sprécza quase atrapalhou nossa chegada ao local, acompanhada pela chuva que caiu repentinamente sobre a cidade do sal. Tínhamos um encontro marcado com o Instituto Internacional para identificar as pessoas desaparecidas e realizar os procedimentos de teste de DNA dos requerentes. O instituto foi criado em 1999 como parte do projeto da Comissão Internacional sobre Pessoas Desaparecidas, que foi criado por iniciativa do ex-presidente dos EUA, Bill Clinton, em 1996, após a Cimeira do G7 na cidade francesa de Lyon para apoiar o Acordo de Paz de Dayton. À direita e à esquerda do instituto, encontra-se um terreno de plantio inundado de água, que começou a entrar nas casinhas com as telhas vermelhas no meio das fazendas, cujas pessoas trabalham enrolando tabaco, vendendo-o e fumando narguilé, em casas caracterizadas pela simplicidade da construção tradicional da Bósnia.

Estávamos empacotando nossos sentimentos reprimidos que não conseguíamos expressar. Cada um de nós repetia o que tinha dentro de si: Para que minha memória não desmoronasse, escrevia diariamente no papel os nomes dos ausentes que se tornaram mais presentes, sem que ninguém zombasse de mim pelos nossos esforços para aniquilá-los! Acho que me lembrei do que tinha visto há dois dias: minha mãe compartilhando a minha tristeza, mesmo sendo uma mulher que derreteu como uma vela no auge da juventude, sempre esteve doente e usava preto desde que me visitou atrás das grades da prisão. Ela chorava por qualquer motivo... até morrer.

Onde estão os outros? Eles eram fantasmas sem nomes? Ou nomes sem fotos? Quase vou a um bordel num porão persa, pois é um bom lugar para chorar. A quem apresentamos as nossas condolências? E esta cara de choro não parou desde que foi criado! Estou tentando organizar na mente a localização das pessoas desaparecidas nas fotos. À esquerda de Damer Yahaic, está o jornalista magro Omer Kubat, e à sua direita está o cantor gordo Nejad Ishakovic. Eles eram todos meus amigos! E todos voltamos a nós mesmos, curvados como uma canção triste...

Enquanto eu remendava meu sofrimento, Amina enfiou o dedo na minha cintura e sussurrou:

— Não concordamos em nos encontrar com o contrabandista da prisão, o marido da Sra. Mira Vaslagic? Sabina passou por aqui, Beijaman, e o contrabandista sabe quem os levou para a Eslováquia e a Hungria. O dinheiro está pronto comigo.

— Combinei com ele que nos encontraríamos às quatro da tarde. Como Sabina está na lista de desaparecidos oficialmente cadastrados, não perderemos a oportunidade de fazer buscas dessa forma. Eles coletarão uma amostra de laboratório novamente.

No pequeno edifício do instituto, fomos recebidos pelo engenheiro do programa, Ismet Tufikovic, que nos apresentou ao Dr. Osman Kešetovic, chefe do Departamento de Medicina Legal, que nos revelou a identidade de todos os restos mortais que aqui se instalaram. Ele começou a nos explicar alguns detalhes de seu trabalho no instituto, e nós o ouvimos como se víssemos os corpos e ossos quebrados quando vieram para este lugar com mãos e pés enfaixados. Com sua voz áspera, ele nos falou:

— Temos dois tipos de restos mortais de vítimas: ossos e pertences que encontramos com as vítimas onde foram mortas. Aí, um grande número de pessoas foram mortas quando tentavam cruzar as linhas do exército sérvio para as alegadas áreas libertadas. Procuramos valas comuns ao longo do caminho que percorreram e as encontramos ali expostas. Outras vítimas foram isoladas de suas famílias numa fábrica de madeira, além daquelas que foram capturadas nas montanhas e levadas para locais de execução sob a proteção das forças holandesas! Segundo as nossas informações, existem cinco locais de execução em massa, mas no final de 1995 ficou claro que houve uma tentativa de esconder as sepulturas demolindo-as e transferindo-as para locais distantes. Portanto, estamos diante de enormes cemitérios secundários, e esse é o problema. Trata-se de definir identidades. Porque os cemitérios secundários eram muito misturados. Então começamos a trabalhar nas estruturas concluídas das valas principais que não haviam sido movidas. Neste caso, ficamos satisfeitos com uma amostra óssea. Os mortos podiam ser identificados por roupas ou tatuagens na pele. Mas era impossível trabalhar da mesma forma em sepulturas secundárias sem testes de DNA. Um pequeno número se identificou da forma tradicional. Só Srebrenica sofre com um enorme número de pessoas desaparecidas, pessoas que viveram sitiadas durante quatro anos. Foi possível encontrá-las com roupas remendadas porque a cidade estava sitiada. Nas nossas primeiras entrevistas com as famílias das vítimas, tentamos fazer com que se lembrassem do que as vítimas vestiam quando vistas pela última vez. A maioria delas são homens de meia-idade. Este foi o banco de dados inicial. No início, não colhemos amostras de sangue, isso foi antes da criação do instituto. Mas descobrimos que precisávamos. Depois enviamos amostras de sangue para o exterior. Descobrimos apenas 172 identidades em quatro anos. Mas depois da criação do instituto, começamos a recolher amostras de sangue das famílias das vítimas e também começamos a recolher amostras dos restos mortais. Naquele ano em particular, identificamos 503 casos que ainda estavam guardados em sacos em armazéns privados. Este ano, há 700 restos mortais identificados e cujos documentos de óbito foram liberados aguardando o Dia Nacional do Funeral. Estamos agora no processo de organização deste memorial na cidade de Potočari.

    Assim que o Dr. Othman terminou seu discurso, as vozes de algumas pessoas começaram a se elevar, exigindo mais detalhes. Quanto a mim, fiquei surpreso com o que ouvi e Amina teve um ataque de choro abafado, até que se engasgou e quase desmaiou. Ela ficou encostada em meus ombros. Pedi para ela se segurar com mais força e encostar em uma das portas. Era a porta da câmara fria onde os corpos eram guardados! Enquanto o Dr. Othman continuava a apresentar os detalhes de seu trabalho, caminhamos com ele muito lentamente devido ao espaço limitado.

    Nas entradas das salas onde são realizados os testes de DNA, há um grande cartaz com uma lua crescente e uma estrela verde, e depois Al-Fatihah em árabe. A lista de nomes continua: sugeri a Amina que voltasse para o ônibus, mas ela recusou. Amjad estava ocupado tirando fotos para documentar para o jornal Nezavesna Novinj. Num momento parecia que eu estava sufocando dentro de um caixão, tentei resistir, mas fui mais fraco que Amina!

A sala foi aberta. Senti uma navalha passar em meu pulso enquanto jogava uma pedra no sangue estagnado e fugi. Meu coração estava dividido em mais de uma história. Amontoados nas prateleiras havia sacos brancos contendo pilhas de ossos que enchiam a sala refrigerada. Nas prateleiras altas havia sacos escuros contendo pilhas de pertences pessoais das vítimas. As sacolas estavam marcadas e codificadas, e ali o sigilo era muito respeitado. Não ficamos muito tempo entre as prateleiras, pois havia um cheiro e o clima geral era deprimente. Seguimos então para os laboratórios do Departamento de Identificação por meio de testes de DNA. Havia um cheiro forte e frio, mas suportável, embora indicasse uma morte violenta e assustadora. Amina sussurrou para mim:

— Imagine se fosse possível coletar o pânico das vítimas no momento do assassinato em Nefer Buq, seria possível suportar aqui?

— Eu gostaria que você pudesse ouvir todas as noites o pânico do meu travesseiro enquanto procuro os mortos no meu sono e acordo gritando...!

Saímos para a outra sala, cujas mesas frias estavam cobertas de esqueletos, onde os especialistas trabalhavam no registro do que foi identificado, como fazem nas escavações arqueológicas. Me virei e não encontrei Amina. Esgueirei-me entre os recém-chegados e a encontrei lá fora, debaixo de uma garoa, com três mulheres fumando do lado de fora da praça, e ela pegou um lenço para enxugar as lágrimas. Voltei para a sala e o Dr. Othman disse:

— Precisamos que a tragédia acabe, e ela não terminará até que enterremos todas as vítimas depois de identificá-las.

As três mulheres que saíram com Amina partilharam a sua situação e lhe falaram sobre o destino das suas famílias que foram mortas no massacre do Hospital Fokovar. O exército sérvio perseguiu os feridos do outro lado até o hospital e os levou para um local desconhecido e com destino desconhecido. O Dr. Othman terminou sua visita, então alguém anunciou ao microfone o início da entrega de documentos de identificação e solicitações de exames. Amina corajosamente avançou e em poucos minutos completou a amostra de DNA, o que ela havia feito de forma semelhante há dois anos, só que não era preciso!

Conforme combinamos, deveríamos nos encontrar com o marido da Sra. Mayar às quatro da tarde. Falei com ele de um telefone público perto do refeitório, depois que a bateria do celular me alertou que estava descarregada. Ele não demorou a responder. Ele confirmou o horário do encontro marcado e Amina ficou mais tranquila. O relógio marcava duas horas e tudo indicava que a passagem do tempo estava pesada.

Ah, Sabina. Como você pode deixar o meu coração? E você é a filha da dúvida que dorme no meu peito! Mas quanto mais me aproximo de uma janela, mais aumenta o número de paredes, e corro sozinho, cheio de esperança. A solidão só me leva onde a inevitabilidade da vida sem você, se esconde...

Chove novamente sobre nós com uma espessa nuvem de água, então olho para o meu peito que a contém e lhe digo: Respire um pouco. Esse caminho se afasta de nós, e nem toda água significa chuva, e nem tudo que você conhece significa certeza. Você, remador da vida, como treinou você, a chuva em nós, sem molhar? Quão estreita foi a queda nos mares do esquecimento? Ó certeza, afasta de mim essas lágrimas, pois meu coração está repleto de árvores famintas de pássaros.

Mil balas perdidas nos corações dos amantes. Assim o tempo passou com dificuldade, e mal diminuía até que o muezim[19] da oração do meio-dia o interrompeu com sua voz

---

19 Religioso islâmico que do alto dos minaretes das mesquitas clama os fiéis para a oração cinco vezes ao dia.

suave. E em frente à sede do xeique de Tuzla, que não ficava longe de nós, uma multidão passava, vinda de Sarajevo e suas aldeias. Tinham se reunido esta manhã em frente à sede do xeique islâmico em Sarajevo, onde muitas associações da sociedade civil na Bósnia organizavam viagens de ônibus para a cidade de Tuzla para assistir ao quinto aniversário dos desaparecidos no massacre de Srebrenica, que também não foi longe de nós! Os grupos chegavam desde as primeiras horas da manhã. Liderados por Khira Čadić, chefe da organização das Mães de Srebrenica, que carregavam uma longa fita, que incluía pedaços de pano de cores diferentes com os nomes das vítimas e suas datas de nascimento. Quanto à data do seu martírio, era unificado! Entre 11 e 19 de julho de 1995, quando os mais brutais sérvios cometeram genocídio contra os muçulmanos na cidade de Srebrenica, à vista da OTAN, que monitorava através dos seus satélites. O crime deixou uma cidade fantasma. Não há escolas, nem hospitais, nem trabalho. Sem água, eletricidade ou comida. Aqueles que sobreviveram ao massacre não conseguiram encontrar sentido na vida. Onde eles estão cercados por seus inimigos, os criminosos que mataram suas famílias e filhos. Um dos manifestantes gritava diante das câmeras de televisão:

— Os criminosos querem que esqueçamos, mas isso nunca vai acontecer, e esta marcha que organizamos pelo quinto ano consecutivo vai continuar e será histórica, e vai ser passada das avós para as netas.

Amina respondeu duas vezes, comentando o que ouviu:

— A memória é seriamente importante, e o esquecimento é um flagelo assustador.

Munib Mumenovich veio da região de Goarajda e foi um dos participantes da marcha. Ele perdeu quatro filhos, além da esposa, e começou a chorar ao dizer:

— Enterrei dois dos meus filhos e ficaram dois, minha esposa e meu irmão.

Levanto a cabeça para o céu: para onde vão essas pessoas em termos de justiça?! A Sérvia foi quem treinou, financiou e armou os assassinos. Vojislav Šešelj, Arkan e o General Ratko Mladić, responsável direto pelo genocídio na Srebrenica. No altar do ódio e das caveiras, massacraram o rio Drina, que viu a cor da sua água mudar para vermelho devido aos cadáveres de muçulmanos atirados nele. Após a traição das Nações Unidas em julho de 1995, desperta a Srebrenica, que é uma pequena cidade que foi sitiada pelos sérvios durante quatro anos e que lhe cortou os meios de vida, até que as Nações Unidas a colocaram sob a sua proteção com a presença do batalhão holandês, dos quais os membros foram os que negociaram a honra das meninas em troca de um pedaço de pão!

Neste dia, os sérvios e os holandeses nos traíram. O truque foi a arma do crime, depois de Boutros Ghali, o secretário-geral das Nações Unidas, liberar o Yasushi Akashi e os líderes do Ocidente do massacre perpetrado pelos seus agentes, Malcolm Rifkind, ministro das Relações Exteriores britânico, disse:

— Há um grande apoio ao uso do poder aéreo, mas há aqueles que expressaram preocupação com os seus perigos. Devemos tomar medidas de dissuasão e não travar uma guerra.

Eles disseram que haveria mais alimentos do que antes e tentativas de reanimar a diplomacia. Resumindo, faça-os sentir que vivem noutro planeta! Esta é uma conquista histórica para as Forças Atlânticas na Srebrenica!

O número de mártires foi de 12 mil em um dia, a maioria deles homens.

Os sérvios andaram em carros de proteção internacional e pediram aos moradores que saíssem depois de lhes dar segurança! Depois deste truque planejado, os sérvios atacaram os muçulmanos e os massacraram nas ruas com facas, tal como se matam ovelhas. Eles amaldiçoaram as mulheres e as estupraram! Uma delas, chamada Ika Homich, estava enfiada em um ônibus lotado de mulheres enquanto notava seu filho mais novo, Adnan, de 19 anos, algemado na beira da estrada! O povo de Tuzla testemunhou aquilo. Ficava em frente a esta rua e num terraço feito de uma árvore cortada ao meio. Diz-se que era a árvore onde uma mãe se enforcou em protesto pela morte do seu filho diante dos seus olhos! Lá estava eu sentado com Amina, olhando para os rostos daquelas mulheres que olhavam para a estrada por onde os sérvios levavam seus filhos homens para um lugar chamado matadouro, onde os massacravam com facas. A estrada entre Tuzla e Srebrenica estava cheia de cadáveres abatidos, entre os gritos das suas mães, que tentaram em vão persuadir os assassinos a trocá-los por elas!

Quinhentos bósnios de Tuzla tiveram as mãos amarradas atrás da cabeça e foram forçados a se ajoelhar e se arrastar no chão, e os restantes foram baleados e mortos quando fugiram para as florestas. Dona Zarafia, uma das testemunhas daquela árvore, disse a um jornal que estava certa de que seu marido nunca encontrou uma saída. Porque os sérvios estavam por toda parte. Somente os sobreviventes narraram essas atrocidades horríveis... e só podiam ser narradas por mulheres ou idosos, porque foram os únicos sobreviventes entre a multidão de homens. E que mulheres, Tuzla?! Os sérvios as tiraram dos ônibus e as estupraram. A maioria delas eram jovens e bonitas. O ônibus número 31, pertencente a uma faculdade, foi sequestrado por sérvios quando ia escapar, e as meninas que estavam nele não foram vistas desde aquele dia. E que homens, Tuzla?

O estádio esportivo da cidade de Bratonash foi onde os sérvios fizeram o horror aos muçulmanos. Eles drenaram o sangue do homem até ele morrer e depois obrigaram o pai a beber o sangue do filho! Que sangue, Tuzla? Os sérvios mataram em 17 de julho de 1995 mais de 1.600 muçulmanos. Eles estavam com pressa, então executaram a maioria deles com balas! As balas não são suficientes para vingança.

Os residentes da aldeia de Bratonash foram convidados pelos líderes sérvios. Que cada sérvio que perdeu um

parente fosse ao estádio e se vingasse ele mesmo dos prisioneiros muçulmanos.
    A fita passou na nossa frente. Há confusão nos olhos e ninguém consegue acreditar no que aconteceu. Oito mil pessoas de Srebrenica foram mortas porque eram apenas muçulmanas. As imagens os assombram como pesadelos, pois os viam acordados e em plena luz do dia, quando não conseguiam se livrar desses pensamentos assustadores. Os rostos me lembram a foto de uma mãe deslocada que acordou após o massacre para se curvar sobre um filho que não era seu e lhe perguntar enquanto ele era um cadáver:
— Você viu meu filho?
    Esperando uma resposta dele! Acontecimentos que ficam gravados na consciência e na memória, os rostos calmos dos filhos e os apelos profundos carregados nos bolsos das mães como um assobio de vento. Cada uma delas conta sua história como ela é, sem que a mente humana a corrompa ao determinar se é verdadeira ou não.
    Amina fecha os olhos para evitar uma lágrima. Quando coloquei meu primeiro pé no táxi em direção ao marido da Sra. Mayar, puxei-a para dentro e pressionei suas palmas enquanto enchia meu peito com o cheiro de sua irmã, que também me puxou com força. Amina resmungava e dizia:
— Estou rasgada, Beijaman.
    Tudo no horizonte indicava uma vida derrotada. Até os pássaros que cantavam desapareceram e mal ouvíamos nada, exceto o som do cascalho voando na borda das rodas. Então soube que estávamos perto do restaurante do temido contrabandista, Steppe Nikolai, onde ele decidiu nos encontrar depois de transferir dois mil dólares para a Mayar alguns dias atrás, em troca de nos dar informações sobre as garotas que ele havia contrabandeado, bem como vender crianças para abrigos europeus. Sabina era candidata tanto ao contrabando quanto à morte. Somos chamados para olhar pelas janelas de espera. Justamente quando eu olhava para o campo de esportes de Sarajevo que havia sido transformado em uma vala comum de mártires!

Tudo esfriou quando vimos Steppe. Foi porque suas feições eram frias e rudes? Não sei. Ele estava em uma plataforma de madeira do lado de fora do restaurante, que estava completamente vazio de clientes, fumando um cachimbo grosso e brincando com um cachorro cinza. Em poucos momentos, a mesa redonda se transformou em sua conversa, acompanhada de uma chuva de cuspe. Ele não nos deu a oportunidade de conversar muito com ele ou discutir o assunto, exceto pelas coisas simples que nos incentivou a visitá-lo novamente! O que ele disse foi um vislumbre perdido de esperança?! Steppe disse:

— Há cinco anos, eu liderava um grupo chamado "Os Leões Pretos". Nossa missão era vender meninas para comerciantes maiores que nós. Em dezembro de 1994, eu estava indo para Sarajevo para concluir o próximo negócio na República de Montenegro. O grupo chegou ali e reuniu um comboio de cinco ônibus. Tive certa simpatia por elas, de uma certa forma, pois nasci no bairro de Otis, em Sarajevo, e cresci na região de Dobrinja. Eu poderia ter ficado ao lado de vocês durante o cerco. Morrerei com as mesmas balas com que vocês morrem, ou serei um dos seus combatentes ao redor da Igreja Ortodoxa no bairro de Varnitsa para evitar retaliações! Mas não o fiz porque tinha medo da morte. Então vendi as garotas da capital sem traí-las ou machucar nenhuma delas!

Vi a maldade nos seus olhos e nos olhos da sua esposa, Mayar, que se escondia atrás da cortina transparente. É como se eu estivesse vasculhando lixões.

Estou procurando a pergunta de Amina que ela fez antes de mim:

— Sabina era uma delas? Quero dizer, Sabina Omardić.

— A temperatura estava 15 graus abaixo de zero. Quer que eu lembre a cor da caneta com que escrevi seus nomes?

— Você fala como os atiradores sérvios! Maldito.

— Você quer que eu levante meu chapéu de pele e lhe venda um pedaço de queijo, assim como um oficial ucraniano

sujo, cujos sapatos estavam gastos e era major, costumava vendê-lo para você?
Gritei com raiva para ele, batendo a mão na mesa:
— Você está delirando, Steppe. Você está bêbado. Você é quem dirige uma rede de prostituição para seus colegas oficiais franceses.
Amina me apoiou. Ela mordeu os lábios de raiva e gritou:
— Você está costurando nossos pescoços massacrados! Para onde você levou minha irmã Sabina?
— Muitos comerciantes sabiam quem estava nos ônibus. Não tenho nomes reais para esses grupos. Algumas delas mudaram de nome e esconderam tudo o que havia nelas...
— Mas você está mentindo. Mesmo aqueles tiveram seus bebês que nasceram de incesto na frente da televisão e o mundo assistiu, vinte mil meninas estupradas só no ano de 1994!
— Sabina tentou suicídio como sua amiga Amla fez, mas abortou enquanto estávamos parando na cidade de Rogatica, antes de chegarmos à Tuzla!
Antes de Steppe terminar a frase, caí no choro, choro que sufocava meu peito desde que coloquei os pés em Tuzla. Minha voz soou como um lamento escapado de um sonho sedento. Amina gritava:
— Água, por favor, me deem água.
Eles derramaram na minha cabeça. Eu quero água. Não sei quem derramou água na Amina. Deixei-a e naquele momento estava correndo e correndo até ficar sem fôlego. Na beira de um lago próximo, ouvi Sabina chorando. Tenho certeza de que a vi e ela me mostrou. Seu rosto brilhava, mas ela me olhou pelo canto dos olhos e não falou comigo. Corri até meu coração quase parar de bater. Havia dois olhos direcionados para a minha cabeça. Levantei um pouco o olhar e esbarrei nela. Ela estava olhando para mim. O que ela poderia fazer comigo? E são apenas dois olhos olhando para a imagem da água? O cheiro de uma alma assada se espalhava por todo o lugar, e não reconheci o cheiro de cordeiro gre-

lhado girando na lenha próxima. Enquanto tentava retirar os pedaços de chumbo derretido do meu peito, onde flutuava minha alma, flutuavam peixes mortos.

Tudo dentro de mim saiu e com ele saiu gritos da nossa bebê Yasna! O lobo e os campos de flores e o pesadelo que estrangula com as mãos os adormecidos, a escuridão que devora o cemitério para consolar as guerras e o sol quebrado no colo de Amina enquanto ela tentava sair do lugar como eu. Pássaros tristes e tudo entra e sai dessas duas pupilas, e nelas só ficam duas lágrimas secas!

Os que estavam nos ônibus foram novamente distribuídos para destino desconhecido. A Sabina talvez tenha passado em Tuzla depois que ela abortou o feto. A neblina gradualmente se espalhou e nos transformou em rostos carrancudos olhando para as lápides onde a maioria das pessoas deseja ir durante o nevoeiro para visitar seus parentes e amigos, pois talvez a densidade do nevoeiro os proteja do fogo dos franco-atiradores.

Finalmente, Steppe estava prestes a se levantar sem que sua barriga pendurada o impedisse. Então eu o agarrei:

— Ainda não terminamos a nossa reunião.

Ele me respondeu claramente:

— Ela não pode estar viva e ausente de você todos esses anos. A menos que houvesse alguma sequela em sua mente. Não pode ser vendida nessas condições. Procure em Srebrenica!

Ele desapareceu na neblina e tudo que vi foram meus dedos, que enfiei na palma da mão de Amina e limpei meu rosto úmido com ela.

Lembrar é um processo muito difícil. Imaginar os massacres, a destruição, a fome e o deslocamento que aconteceram me deixa com vontade de bater a minha cabeça contra a parede mais próxima. Devo esperar pelo número de valas comuns e pelas identidades das vítimas?

Ou devo ouvir o chamado dela ligado à minha intuição enquanto ela sussurra para mim todos os dias:

— Onde você está, Beijaman, não consegue ver meu rosto?

O que aconteceria comigo se eu machucasse minha cabeça de fato?!

Lembro que tinha muito respeito pelos mortos. Minha mãe estava me levando para visitar o túmulo de sua amiga cristã em Teerã. Eu costumava lhe dar bolos e colocar flores em seu túmulo. Na minha infância distante, que rapidamente passou em direção à guerra, Ihsan e eu brincávamos no cemitério do nosso bairro, onde a jornalista Emily Salam, de origem síria, era enterrada. Ela tirava a mão do túmulo para nós e dizia:

— Segure minha mão para que eu possa guiá-lo até ela, pois ficaria decepcionada se um dia os canalhas dissessem a verdade.

Suas palavras ainda ressoam em meus ouvidos sem me impedir de ouvir os murmúrios de Amina durante todo o caminho que ela passou dormindo, com as sobrancelhas franzidas como se estivesse tendo pesadelos sombrios.

Ela estava de corpo pesado e meio consciente enquanto eu a levei para o quarto. Eu também estava sobrecarregado, mas tive que suportar mais do que ela para lembrar...!

•———•⋄⋄⋄•———•

Os jornais não param de escrever sobre Srebrenica em particular, como se resumisse a tragédia da Bósnia. Trinta mil muçulmanos que fugiram de Sarajevo, Tuzla e vários subúrbios se reuniram naquela pequena cidade cujo hospital recebia trinta feridos todos os dias e um cirurgião trabalhava lá. Ele corta as pernas com navalha e facão, sem anestesia nem antibióticos. Cinco pessoas feridas morrem todos os dias e milhares vivem mastigando grama, flores de nozes e o pão do pólen e os alimentos que foram jogados do céu. Os aviões da OTAN jogam sobre eles, e os famintos lutam por isso com facas. Estas facas não se parecem com o ferimento causado por uma faca sérvia que massacrou um jovem muçulmano. Os médicos falharam em suturar a ferida no Hospital do Kosovo, onde a sua alma se perdeu. Ao lado dele estava uma criança chamada Fátima que lhes perguntou depois de acordar:

— Amputaram minha perna?
Mas ninguém lhe responde.

O fogo da guerra queima a Bósnia e a limpeza étnica se espalha horrivelmente no meio de um terrível silêncio internacional, enquanto se repete a cena de mulheres e meninas reunidas em frente ao quartel-general do batalhão egípcio em Sarajevo, que era o seu único refúgio. Perto dali uma linda menina está diante dos restos da mesquita Alfarida, que foi destruída após o final das orações de sexta-feira, provocando um novo massacre. Uma mulher com a cabeça descoberta está num parque público entre os túmulos, rezando pelo seu filho, Salah Al-Din, que parecia muito jovem quando encontrou o seu túmulo!

Não muito longe do cemitério, um homem de sessenta anos carrega a sua arma para defender a sua terra natal, e outro vagueia pelas ruas depois de perder a sua família no implacável bombardeamento. Outros são levados para o subúrbio de Potočari com a assistência do batalhão alemão. Eles os dividem em dois grupos, mulheres e crianças com menos de 1,50 metro à direita e homens à esquerda. Uma longa fila se estendia por dezenas de quilômetros, vinte mil ouvindo em um alto-falante o comandante do exército sérvio, Ratko Mladić:

— A partir de hoje, anuncio que Srebrenica é uma cidade sérvia e você viverá lá em segurança!

A OTAN, que estendia a mão do céu, anunciou em julho de 1995 que iria bombardear as posições sérvias, pedindo às forças de defesa da Bósnia que se retirassem dos subúrbios para assumir a missão! De que missão será que eles falaram?

Devo lembrar que se referiam à entrada dos sérvios na cidade!

Amina ouviu a rádio, que transmitiu que um satélite americano havia fotografado alguns grandes campos em Srebrenica e descoberto neles valas comuns. A mesma notícia levou a Sra. Zeinab a sair à noite e aleatoriamente com algumas mulheres chorando nas ruas. Não esqueci as rugas no rosto do marido, cuja foto apareceu em um dos jornais enquanto ele contava a história de sua separação do filho de 27 anos, Yahya, na esperança de que eles se encontrassem na sua cidade de Rogatica... Depois de cruzarem as montanhas, um deles rumou para o norte e o outro para o sul, e ali passaram cinquenta dias. Eles prometeram não ser capturados vivos pelos sérvios. O Yahya não voltou e isso deixou ainda mais rugas no rosto de seu pai.

Haverá uma reunião com Zainab. Ela, que quer esquecer a verdade no meio do inferno e da nostalgia que ao mesmo tempo a leva a marchar anualmente até o monumento de Potočari, que inclui o nome de Yahya! Na frente do monumento, ela me contará sobre a jornada em busca de seus ossos. Sobre o medo que a impedia de responder a qualquer transeunte depois que um sérvio que morava em sua casa a avistou e seus filhos começaram a chamá-la da janela com palavras obscenas. Como ela não se virou, eles saíram, pegaram pedras e atiraram nela. Quando ela insistiu em caminhar, sua esposa a seguiu usando o seu vestido que Yahya lhe dera por ocasião de sua formatura no Instituto de Educação. Como se ela quisesse dizer quem ganhou a guerra! Ela olhou e não conseguiu dizer nada. Porém, as lágrimas queimaram seu rosto e rapidamente caíram em seu bolso, onde ela enfiou uma foto de Yahya a abraçando perto de uma velha fonte!

Ajudei-a a colocar flores na sepultura do filho com o número 772. Ela recitou Surat Yasin e murmurou orações longas e abafadas na garganta. Desta vez, o marido não a acompanhou, pois o vírus epidêmico devastou seu fígado até ele morrer. Potočari estava cheia de visitantes que aumentavam a cada ano, e eu era um deles. Amina me acompanhou pela primeira vez, há alguém que iremos encontrar e com certeza falaremos sobre nossas preocupações comuns, o que muitas vezes produz algumas informações que todos procuram.

Aqueles que moravam lá se lembram dos dias sufocantes e úmidos de verão e da condição miserável da maioria dos moradores que só conseguiam olhar para fora de suas casas. Na beira da estrada, cães emaciados e miseráveis ficam perto de lojas de brinquedos e outras abandonadas. Não há sorriso no rosto dos moradores, pois tudo ao redor está destruído. Até a mesquita, entre oito outras que foram completamente destruídas, permaneceu com suas ruínas brancas em pé. O Mercado Oriental, com suas barracas em ruínas, também não é frequentado por ninguém, pois só tem vegetais murchos e preços elevados. Não há empregos que sustentem os moradores e tudo o que há são dez marcos alemães como salário diário por trabalharem em fábricas sérvias próximas. Quatro mil residentes locais e onze mil migraram à força, vindos das regiões de Alijaş, Bugojno, Dunja, Sarajevo e Vogošica.

Todos querem voltar para casa, mas têm medo do engano dos acordos e do próprio Dayton...! Os sérvios provocaram e criaram a guerra e eliminaram etnicamente a maioria das cidades, uma por uma. O pai de Yahya viajou cento e cinquenta quilômetros através das montanhas, e hoje eles estão pedindo a ele e Zainab que sigam à Tuzla para colher uma amostra de sangue de DNA para compará-la com os ossos de Yahya. Zainab, a mãe, é calma por natureza, então sua conversa conosco era como a água escorrendo de um jarro estreito, e o que ela contou era como o suco das lágrimas que descia em um fluxo, do qual nós três participamos. Assim que soube que ela era de Rogatica, uma nuvem de tristeza e ansiedade caiu sobre mim! Porque eu tinha que lembrar o que não podia ser esquecido. Zainab começou a nos descrever sua pacata cidade. Amina e eu nos olhamos nos olhos com ternura, imaginando Sabina que ali sofreu um aborto espontâneo e o destino a levou ao desconhecido.

— No ano de 1992, um dia antes do Eid al-Fitr,[20] percebemos que tínhamos que sair da cidade, cujas escolas e lojas estavam fechadas e a vida havia parado completamente, exceto pelos rostos escondidos atrás das janelas. A minha única filha, o seu marido e dois filhos se mudaram para a aldeia vizinha de Šlidovic e aí passaram três meses antes do início do verdadeiro ataque sérvio à Rogatica, especificamente depois de choverem mísseis sérvios pouco depois das orações de sexta-feira, 22 de maio. A morte não estava longe deles, pois queimaram a sua aldeia e, diante dos seus olhos, uma família inteira foi queimada viva pelas mãos de soldados sérvios!

— Aconteceu alguma coisa com sua filha?

— Ela não aguentou aquela cena da queima. Então se mudou para uma vila próxima cujo nome esqueci.

— Aldeia Shadovina?

— Acredito que sim. Mas ela logo voltou para nós, pois ficou muito difícil ficar ali por muito tempo. Nas aldeias vizinhas, 200 muçulmanos foram massacrados num dia só em Ahatovic! Enquanto algumas mulheres foram detidas em duas escolas e em uma igreja abandonada.

— Ela voltou para Rogatica?

— Sim, ao bairro onde moramos, o Gojoca. Chegou em circunstâncias muito difíceis: as ruas estavam completamente vazias de pedestres e os sérvios se espalhavam por todos os becos, saqueando e incendiando casas. Vi com meus próprios olhos o corpo de Shay pendurado na porta de uma saboneteria no centro da cidade. Ele ficou vivo por cinco dias até colocarem fogo em sua cabeça. O resto dos que massacraram foi jogado no rio Drina. Eles não ficaram satisfeitos com isso, pois retornaram dois anos após a destruição para continuar esta série de massacres. Na frente da minha casa,

---

20 Uma comemoração do fim do mês de Ramadan.

eles retiraram os corpos dos ônibus e os levaram para uma casa próxima para incendiá-los. Um dos que pensávamos ser um cadáver estava vivo. Ele pediu ajuda e se abrigou na mesquita de Alja. Ele era amigo de Yahya. Seu nome era Sabri, mas os atiradores me precederam, o mataram e me feriram com uma bala no braço.

— É por isso que foi amputado?

— Ah... minha filha Sarah o amputou antes que apodrecesse, e foi quando não conseguimos escapar! Foi amputado enquanto algumas meninas foram retiradas de um ônibus sujo com os olhos vendados e as mãos amarradas. Elas cambalearam e algumas delas caíram inconscientes e manchadas de sangue! Não posso esquecer essa cena...

Uma coincidência que levou minha alma ao limite. Ela teve que me lembrar do aborto de Sabina? Sua fala não era inconstante até que o grito se misturasse a ela. Mas o assunto era fugitivo como eu, correndo por aí com medo da ausência e das noites ruins.

Amina me seguiu e se sentou ao meu lado enquanto cavava um buraco no chão, dizendo:

— Ah, meu querido amigo, Beijaman. Até eu preciso de colunas de ar para descer ao meu coração!

Pilhas de chamas não isentam o fogo das brasas. Essa tristeza não se cansa de ajoelhar sobre o nosso peito!

A senhora Zainab não se afastou de nós, ela estava agarrada ao tronco da árvore para cujo lado viramos. Amina lhe perguntou, ansiosa por ouvir a sua resposta:

— Qual foi o destino das meninas manchadas de sangue?

— Não as encontramos no dia seguinte. Até as manchas de sangue desapareceram depois de uma noite chuvosa. Os sérvios não nos deram tempo para fazer nada. Eles invadiram nosso apartamento dois dias depois do tiroteio. Eram três jovens. Eu reconheci um deles, era meu vizinho de porta! O nome dele era Demia. Ele colocou a faca no meu pescoço e quase o cortou, se Sarah não tivesse pago a ele todo o dinheiro e joias que eu possuía. Meu marido e Yahya estavam coletando lenha na floresta naquela época.

— Eles deixaram vocês depois disso?

— Claro que não. Eles nos levaram para um campo de detenção em massa, que era uma escola primária, com marcas de balas claramente visíveis, registraram nossos nomes e nos ofereceram para mudá-los para que pudéssemos ser batizados na igreja, mas recusamos veementemente. As investigações com Sarah continuaram durante três dias sobre as forças muçulmanas, o seu armamento e o seu paradeiro, mas ela não lhes respondeu com qualquer informação. Ficou em silêncio o tempo todo, até que à meia-noite iluminaram nosso quarto com holofotes, pois a eletricidade havia sido cortada. Espancaram Sarah e depois a arrastaram para o terceiro andar, apesar dos seus apelos, que foram em vão. Comecei a gritar a plenos pulmões: "Você não vai poder estuprá-la!". Então ela começou a gritar e chorar, e sabia que eles haviam se revezado para estuprá-la na escuridão total. Lembro-me muito bem que ela disse: "Eu soube, mãe, que ele era nosso vizinho, Demia, depois que ele acendeu o cigarro, e vi seu rosto refletido na janela".

Minha timidez se refletiu na minha voz e perguntei a ela:

— Quanto tempo vocês ficaram lá?

— Nossa permanência não durou muito, pois eles nos carregaram junto com as outras depois de nos espancarem com seus bastões, nos insultando e nos descrevendo como "vadias turcas" e uma de nós teve o cérebro espalhado no chão por causa do espancamento e ela morreu instantaneamente. Sim, eles nos levaram como ovelhas que foram atacadas por lobos e cães...!

Zainab não conseguiu terminar o seu discurso, pois começou a chorar, enterrando a sua cabeça no colo de Amina enquanto chorava:

— Cem crianças foram arrancadas dos braços das mães e as viram sendo estupradas na frente delas. Os dois filhos da minha filha Sarah viram a mãe. A... A...

Ela respirou fundo e depois mordeu o lábio enquanto começava a chorar. Ela continuou:

— A jovem, Hayat, foi a única que os sérvios mantiveram por causa de sua beleza notável e porque ela poderia estar sofrendo com a carga pesada do esperma de alguém! Quanto a nós, as 380 mulheres, depois de quatro dias, levaram-nos ensanguentadas para vários ônibus que foram distribuídos em Sarajevo e Tuzla, cantando provocativamente: "Para se juntar aos seus cães turcos". Deixaram-nos ir para que o destino me aproximasse de vocês hoje. É como se eu visse uma semelhança entre o seu rosto, Amina, e o rosto que vi um dia!

Uma lágrima estava prestes a cair. Mas as lágrimas secaram enquanto ela falava de uma tragédia inesquecível...!

Será que ela viu Sabina em Rogatica? Será que um anjo desceu para lhe dar segurança para que ela pudesse observar atentamente as feições trêmulas de Sabina? Eu me pergunto: precisamos de testemunhas oculares para provar ao mundo que os sérvios eram animais predadores? Posso responder que sim, apesar da minha presença durante a guerra numa das prisões de Teerã, apanhado entre as mandíbulas da tortura física e moral e da brutalidade do que ali foi cometido. Parecia para nós que estávamos no céu e eles no inferno...

Zainab carregou sua alma enfraquecida no ombro de Amina, e eu carreguei a alma de Sabina em meu peito, me retirei para uma colina próxima para olhar ao meu redor e ver como tudo havia se transformado em um cenário de crimes. Meu entorno era um lugar tranquilo e bonito, o sol se aproximava da grama e as praças estreitas eram um refúgio de sombra. As pessoas aqui acordavam cedo, se lavavam, rezavam e limpavam as suas pequenas casas. Os homens se dirigiam para os campos onde havia amendoeiras, ameixeiras e pereiras. As crianças iam para a escola e, à noite, quando iam dormir, seus pais e mães se sentavam nas escadas de suas casas, conversando com os vizinhos sobre as preocupações de coletar pedras, emendar as roupas, coletar vegetais e purificar a terra de substâncias nocivas e ervas daninhas. É assim que eles eram. Como essa beleza poderia ser traída e distorcida!

A poucos metros de mim ficava o grande Café Mostar. Os responsáveis dos comitês populares se reuniam ali periodicamente para procurar pessoas desaparecidas: nem o café amargo os refrescava, nem o ar fresco expulsava das suas almas o cansaço da procura, as dores da incapacidade ou talvez da capacidade.

Eles sempre discutiam e perguntavam um ao outro:

— Onde estamos indo? E o que podemos encontrar? Estamos indo para oeste ou leste? Que forças internacionais iremos acompanhar desta vez?

Dirigiram-se para norte de Sarajevo, passando por algumas aldeias sérvias, e desta vez a força espanhola os acompanhou para os proteger. O chão estava queimado, a grama estava seca e as pedras ásperas impediam o acesso a uma das cavernas. De repente, uma idosa emergiu entre o plantio carregando um feixe de lenha nas costas, levantando a cabeça e olhando para eles com espanto mútuo. Ela foi a primeira sobrevivente do assassinato aleatório que atingiu sua cidade, localizada entre Mostar e Sarajevo. Ela caminhou a pé com um pequeno grupo de homens, mulheres e crianças que não sabiam para onde estavam indo, nenhum deles era especialista em florestas e suas estradas. A chuva caía forte à noite e durante o dia queimavam com as chamas do sol e seu calor. A própria velha carregava o bebê de sua filha nos braços. Eles caminharam por quatro dias consecutivos até serem separados por uma bomba que caiu sobre eles durante os combates contínuos entre croatas e sérvios.

Os dois grupos se perderam nas densas florestas. O primeiro grupo foi seguido por soldados sérvios, que massacraram todos os seus homens e lhes deixaram um banquete aberto para os lobos. As mulheres e os seus filhos foram levados para uma aldeia sérvia próxima. Eles foram alinhados em uma cena humilhante diante de seus moradores, que atiraram pedras e insultos contra eles, enquanto algumas delas foram levadas para destinos desconhecidos, e eles sussurrando entre si:

— O que fazemos com o resto?

Um dos soldados lhes respondeu:

— Até que chegue o comandante.

Cinco horas depois, o líder, Devja Kovic, chegou e olhou para os rostos das mulheres, e a velha era uma delas. Ele disse com voz firme:

— Levem-nas para Priza.

Priza, que a velha não sabia o que era! Mas ela estava murmurando:

— Priza... Priza?!

Elas foram levadas à noite e deportadas em um ônibus usado para transportar madeira. A viagem durou três horas e chegaram a um local próximo à mesquita Ghazi Husrev Beik, a maior e mais antiga mesquita dos Balcãs. Parecia para elas como uma nuvem branca. O porão escuro e sem vida era a residência delas. Não havia água, nem comida, nem banheiro, nem janela de luz. A água foi trazida por uma menina sérvia de dez anos. Mas ela a derramou no chão à frente deles enquanto ria... ordenando que procurassem a ajuda de Ali Izzat — o presidente da Bósnia e Herzegovina.

Passaram três dias ali até estarem à beira da morte e, às duas da madrugada, ouviram uma batida violenta à porta, jovens sérvios carregando paus, cordas e facas nas mãos. Eles os alinharam. Depois escolheram duas jovens e arrancaram os filhos dos seus braços.

Eles colocaram três mulheres bonitas em uma cadeira e perguntaram uma por uma:

— Quem é você? De onde eles trouxeram você?

— Você é casada? Seu marido é muçulmano?!

Ninguém lhes respondeu. Elas tremiam por causa de seus olhares gananciosos e de suas facas que estavam balançando nas mãos em meio aos bebês chorando.

Uma delas foi espremida por um soldado contra a parede para retirar suas joias que ela havia escondido no bolso, lhe implorando que morresse com balas, não com faca.
Gritando com ela, encharcado de suor fedorento:
— Nem Deus pode ajudá-la!
No entanto, ela rapidamente cambaleou e caiu no chão sem se mover ou resistir. Os soldados começaram a estuprar ela e as outras, enquanto gritavam:
— Vocês acham que um sérvio não pode ter vocês, suas idiotas?
— Balinka é uma palavra obscena e insultuosa para as mulheres.
Naquela noite úmida, trouxeram a bebida e a brutalidade de toda a humanidade até que na manhã seguinte partiu quem partiu, quem viveu saiu vagando para o indefinido.
A idosa saiu deste porão acompanhada por cinco mulheres. As mulheres que fugiram de um massacre para outro. Elas escaparam de um deles, matando cem pessoas e as jogando em um depósito de lixo. O tio de Amina era um deles. A matança realmente começou em 10 de junho de 1992.
Observo a área verde com um lago pitoresco no meio. Olho para o café Mostar, em frente ao qual passam os rostos luminosos das mulheres, os olhos delineados com preto e os lábios tingidos de vermelho claro, usando vestidos e sapatos coloridos, os cabelos loiros voando no ar. Rostos sorridentes para os transeuntes, embora um dia todos tenham visto o rosto de um assassino!
Diante dessas cenas a pessoa não pode pedir mais detalhes. Até os patos que nadam no lago querem esquecer, estão nadando e procurando, se aproximam de mim e pedem migalhas de pão...! Todo mundo aqui está procurando. No entanto, muitos dos criminosos sérvios ainda são fugitivos da justiça e ninguém sabe o seu paradeiro. Embora os jornais diários indiquem que estão em Priza, por exemplo, ou em Nevesinje. As valas comuns são, de fato, o que conseguimos encontrar sem chegar ao verdadeiro criminoso.

Tudo aqui é meticulosamente organizado. Até a morte! De acordo com as ordens dos líderes sérvios, os corpos dos muçulmanos foram transferidos de uma vala comum, a vala principal, para outra vala num buraco de três metros de profundidade. E isso foi antes de as Nações Unidas entrarem nos lugares suspeitos! Os corpos foram divididos entre duas sepulturas profundas que hoje são descobertas, passados seis anos, para que o nosso papel seja apenas enterrá-los novamente, escrever os nomes dos mártires e estabelecer uma cerimônia fúnebre.

A idosa que costumava amarrar um cinto à barriga regressou hoje à sua aldeia e reconstruiu junto com a sua filha a sua casa, com uma subvenção europeia. Plantou cebola, espinafre e algumas flores. Ela compra café, açúcar e farinha dos sérvios, a farinha que ela amassa numa cozinha com vista para as ruínas de um antigo cemitério que ninguém visita! A idosa que levantou a cabeça para a missão. Nenhuma pergunta foi feita. Eles sabem exatamente o que ela passou...!

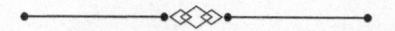

•——•⟨⟪⟫⟩•——•

Aqui estão as migalhas de pão que Amina trouxe depois de se despedir da Sra. Zeinab. Ela se aproximou de mim e me fez uma pergunta que me surpreendeu e me fez sentir um peso nas extremidades. Ela falou friamente, embora lágrimas escorressem de seus olhos:

— Quando você retornará ao Irã?
— Você perdeu as esperanças, Amina?
— Ainda não...

Ela enxugou algumas lágrimas com um lenço manchado. Eu respondi a ela com a mesma frase

— Ainda não...!

Uma ferida profunda no meu peito, Amina. Tento criar uma linguagem na qual eu possa me entender, mas não consigo. Durante cinco anos fiquei isolado do mundo por causa de um simples erro cometido por um jornalista como eu.

Isolaram-me com prisioneiros contrários à Tutela do Jurista[21] e nos obrigaram a usar rituais históricos e não religiosos. Como peças de xadrez, eles nos trataram. Eles nos privaram de comida, bebida e cigarros. Até acreditar nos mitos, lendas e sermões enfadonhos em que acreditam. Por outro lado, saíam de nós sorrisos, piadas e comentários sarcásticos, e foi isso que nos aliviou.

Amina, finalmente, sorriu e acrescentou enquanto segurava uma borboleta que pousou sobre sua coxa fina:

— Uma torrente avassaladora de propaganda para a pureza do seu povo. As pessoas que comem os resíduos da Guarda Revolucionária.

— Você não ouviu falar do fanatismo deles em relação ao ar iraniano, aos cães e aos gatos iranianos e às moscas iranianas?

Ela sorriu novamente. Mas seu humor piorou rapidamente quando uma forte chuva caiu, encharcando suas roupas e os papéis que ela carregava no braço. Subimos juntos até onde paravam os ônibus que voltavam para Sarajevo. No caminho, eu disse a ela que algumas das horas que passei no acampamento infernal foram como uma pedra com a qual colidimos, e então começamos a pensar em como passar por ela se não a virássemos de costas!

O acampamento estava cercado por arame farpado. Enfiado entre montanhas onde nenhuma árvore cresce e nenhum pássaro canta no céu. Lagartos, cobras e os uivos dos lobos eram o único alívio para o silêncio mortal. Isso era mais misericordioso do que o som de chicotes e bastões elétricos. Não me lembro de algum comitê internacional ter nos visitado, pois eles acreditavam que era proibido entrar o comitê por ser considerado um infiel! Não conheço blasfêmia maior do que as prisões subterrâneas e as técnicas de tortura inven-

---

21 (De fora resumida) A Tutela do Jurista Islâmico é um conceito na lei islâmica xiita que afirma que até o reaparecimento do "Imã infalível", pelo menos alguns dos "assuntos religiosos e sociais" do mundo muçulmano devem ser administrados por xiitas justos.

tadas por seres humanos. Espalharam-se entre nós as deficiências e as doenças contagiosas, das quais só fomos mantidos a salvo por novos prisioneiros vindos de outros campos. Eles nos traziam novidades e mandávamos cartas com eles quando eram libertados! Foi uma daquelas notícias que me atingiu com uma miséria sem igual, foi o que me contou o novo preso iraquiano que em pouco tempo se tornou um amigo próximo: era Ihsan Mazal. Ele me contou a tragédia da Bósnia e Herzegovina que abalou o mundo e começou a falar. Mesmo que seu coração esteja cheio de mentiras sobre nós!

Ele me transmitiu imagens de matança e limpeza étnica, e da tragédia de meninas cujas histórias eram semelhantes às de Sabina! Vivi com ele os detalhes da prisão e da vida fora dela. Até vi com meus próprios olhos como sua alma emergiu do último cigarro que ele fumou respirando fundo na minha frente antes de ser levado à execução. Naquele momento, minha prisão tornou-se dupla e minha morte se repetiu a cada momento. Ainda tinha um ano antes de ser libertado. Vivi um ano sem respirar nem falar, cada conversa afetava a minha alma, como se eu estivesse dentro de uma caixa de fósforos e foi exatamente o que guardei de Ihsan! Não ria e nem compartilhava nada com os outros detentos. Alguns deles estavam orando muito para que, graças ao Grandioso, nos visitasse um dia um comitê dos infiéis!

E de fato, Deus respondeu às suas orações, e um avião privado pousou no nosso acampamento transportando funcionários internacionais que se reuniram conosco, e alguns de nós falamos com eles fluentemente em inglês e alemão. Eles recolheram informações completas e lhes revelamos uma lista dos nomes que foram executados aqui e em outros campos. Expusemos-lhes o peito, as costas e as pernas e depois um dos guardas começou a filmar com uma pequena câmera de vídeo que tinha escondida numa das meias. Ele estava insatisfeito com o regime depois que seus dois irmãos foram enforcados anos atrás! As enfermidades de alguns foram mencionadas sem detalhes: fraturas, paralisias e pulmões danificados pela tuberculose. Dentes soltos, ouvidos surdos e linguagem de sinais. Estávamos conversando aleatoriamente, sem acreditar no que estava acontecendo. Não sabíamos que os infiéis simpatizavam tanto conosco! Ordenaram-nos que escrevêssemos cartas curtas para entregar às nossas famílias e fizemos o que nos pediram. Mas a minha mensagem não chegou ao meu pai e à minha mãe, que faleceram enquanto procuravam um lugar para minha cabeça, que todas as noites enfio numa caixa de fósforos!

Perdi o ar desde a primeira respiração fora da prisão. Aquele ar que trouxe comigo no sangue da Bósnia ao Teerã foi substituído por uma imobilidade, incapaz de sentir o cheiro de roupas limpas ou os corpos sujos e suados, nem o travesseiro recheado com os roncos do meu pai e os soluços da minha mãe. Uma estagnação no ar que mal conseguia distinguir as maldições dos vendedores ou o gorjeio noturno dos grilos. O vento não quebrou os troncos das árvores por mim. Eu vaguei pelas ruas até que me apoiei em uma delas, naquela hora esqueci tudo e imaginei nossos dois rostos juntos transmitindo uma cascata de vozes escondidas, tocando os dedos de Sabina e o nosso sorriso corajoso. Eu imaginei pegar o pulso dela e apertar até que os seus ossos finos doessem e então ficarmos deitados à beira do rio Drina e ela não querer me soltar, dizendo para mim:

— Faz dias que os latidos dos cães não param. Acho que eles estão vindo atrás de nós. Os canhões sérvios não descansam.

Senti seu braço envolver meu pescoço enquanto eu pressionava sua cintura. Meus olhos brilhavam nos dela e eu dizia:

— Não acreditei que nos encontraríamos...

Eu estava apoiado no ombro de Amina sem que ela ouvisse o que passava na minha cabeça, até que colidimos com um carro pequeno que parou de repente na frente do ônibus e carregava um caixão em cima. Amina se assustou, depois recitou a Surat Al-Fatihah, soprou nas palmas das mãos e então ela enxugou o rosto murcho. A visão não me provocou, foi como uma nuvem espessa que me colocou em coma, de Sabina, novamente.

Não acredito que nos encontraríamos! Eu contava os dias da minha detenção na escuridão, sem saber onde eles iriam parar. Os insultos vinham de fora da porta e a comida vinha de baixo dela. Gostaria que eles trouxessem uma luz com isso. Eu era como todo mundo. Forçados a comer uma mistura gelatinosa cujos ingredientes não conhecemos, comíamos apenas para nos manter vivos. Urinávamos num balde pequeno e também defecávamos nele, e quando nos levavam ao banheiro para lavar o balde, vendavam nossos olhos, que se alegravam com um raio de luz do sol. Mas eles rapidamente massacravam nossos sonhos diante de nossas vendas. Só podíamos ouvir o som dos corvos repetindo as nossas acusações fabricadas e arquivadas, como se estivessem celebrando as covas dos cadáveres de alguns de nós, cujos corpos os insetos sugaram e comeram durante a mais longa noite chuvosa! Os insetos, é claro, eram mais misericordiosos do que os tonéis de picadores destinados a moer ossos. Eles estavam todos gritando e urinando em si mesmos. Talvez, chorava mais pela gravidade da humilhação. Era como se estivéssemos em uma fazenda de animais. Um zurrava, outro latia, e alguns gastavam suas forças até cair como uma ovelha!

A diferença entre você e eu, Sabina, é que eu morria em silêncio e você morria abertamente, em plena luz do dia e diante das telas de televisão. Na verdade, eu não morri, aqui estou na Bósnia, vim respirar você e apertar sua cintura. Mas o treinamento para a vida exige um amigo que ajude a suportar a distância até a morte ou até o encontro com você!

O ônibus balançou de novo, mas dessa vez foi em frente à casa de Amina, que havia escapado, sorrateiramente, depois do meu cochilo, deixando minha cabeça encostada no travesseiro de Sabina que eu guardava.

Dormi um dia inteiro naquele momento, foi cheio de sonhos estranhos e felizes ao mesmo tempo, mas assim que acordei resolvi contar para Amina, que evaporou como uma gota de orvalho...

5
Metade do rosto dela

"*Você abre todas as portas em que eu bato em busca de você e me aponta para lá, onde só posso encontrá-la em uma presença que é difícil achar em qualquer lugar...*"
— Abdel-Azim Finjan, um poeta iraquiano

"*Se perder em você é antigo...*
Minha mãe balançou o meu berço para crescer
E você sacudiu o meu caixão até eu acordar...!"
— Jana Šić, escritora bósnia

Quando penso na solidão e vivo na sua imaginação, sinto como se o meu cérebro tivesse sido esfolado, desintegrado e, como não bastasse o seu apodrecimento, aqueles que a cobiçam o esgotaram até o transformarem em cinzas: os gritos das crianças e dos lobos e os pesadelos que o sufocam com as mãos... até a escuridão que dormia no cemitério próximo passou por cima dele e marcou a frente com uma placa para aqueles com ferimentos de bala. Todas as noites eles se levantam e andam pelo meu cérebro como um corredor fantasma!

Estou sentado sob o enorme carvalho que o avô de Sabina plantou há setenta anos, tentando em vão captar meus delírios, dos quais fui acordado pela voz de Ibrahim, o gentil motorista. Ele carregava na mão um frango fresco, eu imaginei que fosse um cadáver. Eu me perguntei: como esse ser bom pôde colocar um cadáver na geladeira? Fiquei parado sem resposta, pois naquele momento senti necessidade de abraçar o vaso sanitário para vomitar! Ela deve ter pintinhos brincando no campo. É verdade que meu cérebro foi esfolado e começou a se decompor!

Ele se afastou um pouco para colocar o frango no carro e gritou para mim:

— Entre.

Não abracei o vaso sanitário e subi com ele. Virei-me e vi dois jovens sentados no banco de trás. Perguntei quem eram eles. Então ele me apresentou a eles:

— Dois jornalistas da Áustria que têm informações que podem ajudá-lo.

Minha mente ainda estava deslocada. Minha garganta estava sangrando por dentro, então eu demorei algum tempo para dizer a eles:

— Bem-vindos...

Ibrahim sorriu e parecia um tanto alegre, até chegarmos à sua casa, onde sua esposa turca nos recebeu de maneira calorosa e acolhedora. Ela nos ofereceu quatro xícaras de café adoçado e Ibrahim foi nosso tradutor. Olhei para a xícara de café até que ela esfriasse completamente. Escondi minha vontade de olhar para trás para não gritar e chorar. Sempre fujo de mim mesmo para não constrangê-la na frente da Sabina. Minha mente começou a lembrar, eu faria com que eles se sentissem amigáveis, e disse:

— Me falem o que vocês têm.

— Os cinco mil cidadãos de Kozluk estão entre os muçulmanos mais sortudos da Bósnia. A maioria deles sobreviveu apesar da deportação. Muitas famílias chegaram à Áustria como refugiados em meados de 1998 e até hoje nenhum deles regressou.

— O que há de novo nisso?

— Nós somos repórteres de guerra, tiramos fotos da exposição de cadáveres, que foi realizada em Kalesija no ano de 1996, por Hürim Solčić, um homem muçulmano bósnio de 33 anos. Ele foi um dos sobreviventes das execuções aleatórias que se estenderam por nove meses consecutivos. Ele pessoalmente encontrou uma vala comum onde flores coloridas haviam crescido.

— Hürim Solčić?! Eu não o conheço.

— Você não precisa conhecê-lo, mas ele conhece Sabina!

— Qual é a sua evidência?

— Quer que lhe contemos o que Solčić encontrou na vala comum?

Ibrahim lhes respondeu para continuarem a conversa. Na verdade, começaram a espalhar os papéis e mapas que carregavam sobre a mesa baixa. Balancei a cabeça e hesitei em acender um novo cigarro.

— Por favor continuem...

— Sim, Solčić segurou o fôlego ao enfiar o bastão na terra úmida e, assim que o ergueu na nossa frente para cheirá-lo, disse à equipe que o bastão carregava o cheiro humano de cadáveres em decomposição. A escavação começou um dia depois, e ele foi acompanhado por uma equipe médica e jurídica, radiologistas, dentistas, biólogos e até arqueólogos! Para redigir relatórios confiáveis sobre a causa da morte e as circunstâncias que acompanham a certidão de óbito como documento legal.

Virei o mapa e olhei para a campina verde. Então um deles completou:

— Solčić é um dos que foi submetido a exame médico como sobrevivente do massacre. Houve muitos tipos de execuções em massa que encharcaram Lazette de sangue. Todos eles estavam sob a supervisão de Ratko Mladić, comandante do Exército Sérvio da Bósnia. A escavação continuou muito lentamente. Sempre que encontravam uma caveira, ossos ou roupas, fotografávamos antes que os escavadores os colocassem em um saco designado, antes de levá-los ao necrotério.

— Quantos corpos recuperaram?
— Mais de cento e setenta corpos completos e vinte incompletos. Eles são todos muçulmanos, como evidenciado pelos masbahas que encontramos, anéis gravados com seus nomes, colares com Maomé escrito neles e o Alcorão!

Soprei a fumaça do meu cigarro direto e com raiva e perguntei a eles com uma voz que zombava sobre a morte e a vida juntos!

— E onde está a Sabina que Solčić conhece? Tem mil Sabinas!

— Muitos corpos ainda não foram submetidos a exames de DNA. Mas em virtude do nosso relacionamento com Ibrahim, vimos você em seu álbum de fotos privado. Uma foto sua, talvez quando você tinha doze anos. Esse encontro ocorreu antes de junho de 1996, quando a tumba descoberta por Solčić foi aberta. Nós encontramos isso.

Segurei-a na mão, incrédulo. Tive um arrepio estranho. Levantando-me, gritei:

— Onde você achou isso?

— No bolso da camisa de uma vítima, era uma camisa feminina. Camisa sem corpo! Olhe para você na foto! Suas pernas foram diliceradas por uma bala que penetrou na lateral do que era o coração da vítima. Ela estava te abraçando, não é sua foto, Beijaman!?

Eu não respondi e pedi imediatamente para revelar as fotos que tiraram da camisa.

Ibrahim me deu um tapinha no ombro. Mas não dei a ele a chance de simpatizar comigo. Eu estava agindo com uma coragem estranha. Senti o tom alto da minha voz enquanto tirava as fotos da mão do jornalista e permanecia olhando para elas ansiosamente como hábito dos bósnios. E sem respiração ecoando no meu peito. Uma foto com o número MZ 73: um sapato de couro rasgado, um lenço cinza esfarrapado e uma camisa larga cor de vinho e mangas amplas. Fiquei ali o tempo suficiente para cobrir o rosto, irritado e à beira da loucura:

— Mas essa camisa nunca poderá ser da Sabina! Ela não é deste tamanho.

Eles não me responderam. A confusão está na presença da minha foto e ela foi a única que a guardou. Ibrahim murmurou, dizendo:

— Beijaman, dias revelarão seu corpo perto de um túmulo que continha apenas suas roupas. Então...

Não o deixei terminar a frase e gritei com raiva, com lágrimas escorrendo pelos olhos perplexos:

— Você quer dizer que ela pegou emprestadas essas roupas de outras pessoas? Por que ela faria isso?

Ele respondeu calmamente depois de me abraçar

— Sim... sim... ah, talvez... não sei.

Um deles murmurou em voz baixa, mas entendi o que ele estava dizendo: ele ainda não desistiu de procurar dentro do coração!

Mesmo eu não sei e não posso confiar em meus palpites. Um suspiro ficou preso em meu peito e não saiu. Tento organizar os capítulos do meu choro como se fossem uma escala musical da melodia mais dura que sai de um violinista. Tento reparar a feiura da dor, como quem conserta os dentes de um peixe que pegou enquanto mordia um osso duro. Certezas e dúvidas rodeiam meu pescoço e o apertam quando me dizem: Está longe de ser possível chegar! E as roupas dela, para onde ela as levou e para quem as emprestou?

A voz da dúvida e da certeza ressoa em meus ouvidos toda vez que uma mulher obesa passa na minha frente.

Até que a imagem dela me seguiu por toda parte.

O silêncio foi a linguagem do diálogo com o qual terminamos o nosso difícil encontro. Exceto pelo som dos papéis recolhidos por Ibrahim para os jornalistas.

O que me levou a cortar o som com tanta violência que consegui me livrar da pressão da certeza e da dúvida. Pedi-lhes uma cópia da foto e eles não hesitaram em entregá-la, o que aumentou a dor da pressão que me atormentava desde aquele dia. Toda noite repetindo dentro das minhas roupas e no porão escuro da minha alma:

Mas eu chegarei e você viverá depois de mim!

Repito até a morte dentro do sonho... ali passo meus momentos felizes com ela, trocando beijos rápidos cujo ardor desaparece rapidamente com os raios quentes do sol. Acordo e esqueço de perguntar: onde ela está agora?

No dia seguinte encontrei Ibrahim novamente. Desta vez, Goran o acompanhou, colocando um maço de jornais debaixo do braço e outro que Ibrahim carregava numa caixa. Ele sorriu ao me apresentar o documento, até que seus dentes finos apareceram, combinando com a cor dos jornais. Ele colocou na mesa da sala e sem preâmbulos me disse:

— Você pode encontrá-la aqui. Não olhei e somente trouxe para você do Steppe!

Não lhes ofereci uma xícara de chá, pois fiquei alarmado com a aparição de Steppe novamente. Jornais que colecionou desde o ano 1993 até o final do ano 1996, fotos e identidades de pessoas que foram mortas, publicadas diariamente pelo jornal Oslobogenet em sua página de obituários. Tentei dispensá-los educadamente, mas eles foram embora antes que eu enlouquecesse, e pedi à Amina pelo telefone que viesse imediatamente procurar comigo a certeza ou a dúvida que me sufocava há dez dias. Eu vivia respirando só pelos meus olhos que não pararam de chorar nem por um momento.

As fotos não eram apenas pessoais. Pelo contrário, incluía, por exemplo, imagens da barbárie dos sérvios cometendo crimes terríveis. Fotos dos túmulos de crianças, civis e desconhecidos dormindo sob a neve de janeiro no cemitério dos Lions que expuseram o Ocidente que se manteve em silêncio sobre a revelação da verdade, que a OTAN descreveu como uma guerra civil ou ações militares, em vez de a descrever como um conflito internacional e um crime de genocídio étnico. Com este *hype* sujo da mídia, eles levantaram a impossibilidade dos povos da Iugoslávia viverem juntos em uma só terra! Dez dias que compartilhei com a paciência de Amina. Dez dias revelaram minha decepção, pois me achava mais forte que ela, mas logo descobri que não passava de uma vela derretida que precisava de um braço para sustentá-la.

Na verdade, foi ela quem me apoiou quando a noite caiu sobre nós, e estávamos ambos debruçados sobre nossos jornais, com uma caneta na mão e um caderno onde poderia anotar qualquer informação que pudesse nos beneficiar. Para mim, não apenas escrevi. Em vez disso, eu estava imaginando, desenhando, sonhando, lembrando, sufocando, pensando, chorando, jogando a cabeça e depois caindo em seu braço esguio. As fotos não eram apenas rostos sorridentes. Em vez disso, eram um arquivo do que aconteceu na Bósnia. Centenas de fotos e histórias. Milhares de desconhecidos foram distribuídos entre as regiões de Bijeljina e Zvornik, que ficavam na fronteira entre a Sérvia e a Bósnia. A partir deles, a guerra começou em 6 de abril de 1992 até se estender ao ataque a Sarajevo e seu cerco. Fotos organizadas como a separação dos grupos entre si seguida do bombardeio de civis.

Sarajevo primeiro, Sabina no meio deste moinho, depois as aldeias vizinhas... Um cerco e evacuação forçada para mudar a estrutura étnica, detenção em campos secretos e públicos, estupros brutais e escudos humanos na linha da frente dos combates! Execuções instantâneas e dupla agressão em que os muçulmanos só têm 4%! Como não derreter ao ver um cadáver sendo lavado por pessoas em frente a um minarete que foi cortado ao meio, e metade dele está dormindo no chão: Deus é grande!

Passaram-se nove dias durante os quais terminamos centenas de números de jornais, sem que o rosto de Sabina aparecesse. Estou quase derretendo de cansaço e nada nos diverte, exceto as histórias de perdas que compartilhamos. Amina me conta o que estava escrito embaixo de uma foto de dois jovens bonitos cujas fotos foram expostas quando também eram crianças, chamados Merima e Samer. Eles estavam desaparecidos até serem encontrados aqui no jornal sorrindo! A mãe deles, Hayat Omertish, trabalha na Cruz Vermelha. Homens armados sérvios invadiram a sua casa e levaram os dois filhos dela. Quanto a ela, foi levada para uma linha de frente a oeste de sua cidade de Valsenzia, onde foi deixada por um tempo até se encontrar na cidade de Kaladani, limpando o chão de seu único hospital. Ela registrou o seu testemunho dizendo: "Tornei-me a estátua destruída de uma mãe à procura dos seus dois filhos no meio de uma cidade desprovida de dezoito mil muçulmanos que viviam em paz". Amina pensou que não iria me machucar com esses testemunhos! Isto me faz lembrar de Biero Popović, o guarda sérvio do campo de Sojitsja, que admitiu, dizendo: "Estamos simplesmente nos livrando dos muçulmanos".

Merima e Samer foram executados em Sojitsja!

Estou realmente prestes a derreter, não posso deixar de erguer a cabeça recheada com o nome de Sabina como se quisesse cair da minha boca sedenta, e mais precisamente quero olhar para trás quando Amina se afasta de mim, recuando em direção à janela da sala. Fumo o cigarro com tristeza, como se procurasse no guarda-roupa da irmã o cheiro do que ela havia extraído de sua vida e que estava fluindo em algum lugar. Empilhando o seu retorno na forma de um rosto estranho! Talvez esse rosto olhe para isso de uma rua movimentada, com pessoas sorrindo porque têm uma gota de esperança. Ela certamente descobrirá então que era estranho estar ali parada e gritava lá no fundo:

— Não quero abrir os olhos enquanto eles estiverem fechados para você, irmã.

Ah, e mil vezes ah...

Estávamos ambos fracos, como um pássaro mentindo para si mesmo sobre pegar os grãos do café da manhã enquanto sorria para a eira onde seus filhotes haviam caído por causa de um caçador que tentou brincar com balas!

Aproximei-me dela e peguei seu braço, que tremia, sorri para ela, segurando o Santur que ela havia negligenciado por muito tempo, e falei em voz baixa:

— Venha, Amina. Vou tocar para você uma música tradicional que aprendi com meu pai.
Ela me respondeu com meio sorriso:
— Será que vamos encontrá-la, Beijaman?!
Abracei o Santur contra o peito e olhei profundamente para ela. Meus dedos se moviam enquanto tocavam uma peça durante uma hora até ela se deitar nos meus braços!

•——————•◈•——————•

A presença de Ibrahim, de Goran e até do maldito Steppe! Isso me lembra a intervenção humanitária durante os anos de cerco a Sarajevo. Sabina é quem me rodeia e peço a salvação por meio dela, por ela e para ela.
O trio Ibrahim, Goran e Steppe tenta em vão dizer que Sabina não apenas sobreviveu às centenas de bombas que caíram sobre a capital, mas que o destino a engoliu entre os escombros de corpos! Mostrei aqueles corpos que tinham aviões a jato voando sobre suas cabeças para realizar missões rotineiras de reconhecimento. A ponte aérea da ONU funcionou excepcionalmente bem, fornecendo alimentos àqueles que de outra forma passariam fome. Desculpe, eles vão morrer! Como não? Os meses de cerco transformam-se em anos e a cidade estava prestes a morrer.
Enquanto folheava as páginas dos jornais cheios de fotos, fui parado por uma garota de vinte anos da Croácia! Seus dentes caíram e o eczema corroeu sua pele macia, aparentemente sem que ela pudesse tomar banho! Ela vagou com o rosto descascado pelas ruas cobertas de cascalho, balas e restos de corpos, gritando por causa das queimaduras graves que sofreu por causa de uma bomba desconhecida. Ela olha para mim sem se mover. Ela é muda em minhas mãos e eu compartilho com ela a mesma mudez. Na primeira página foi publicada sua foto com o rosto completamente embrulhado e um cartão amarrado ao braço queimado com um código composto por dois números e seis letras cortadas, muito usa-

do entre as vítimas de guerras. A comunidade internacional pensa que somos um povo selvagem que derrama sangue e não sabe o que essa imagem me faz!

Da comunidade, não treme um fio de cabelo, exceto quando um funcionário das Nações Unidas é detido por sérvios bósnios que cobrem o rosto com máscaras pretas. Eles levam ele e seus colegas da Cruz Vermelha algemados para um depósito de munições e locais militares, onde são tratados como reféns. Isso foi no final de maio de 1995, o que levou a OTAN a lançar uma operação de bombardeio que conduziu ao Acordo de Dayton. O acordo que só fez justiça aos assassinos!

O que eu faço com essa foto?

O que ela diria se removessem as bandagens de gaze de seu rosto? Eles a extraíram durante o cerco à cidade de Vukovar em 1991. Centenas de pacientes e equipe médica foram executadas em um vale estreito localizado entre plantações densas. Duzentos corpos foram removidos de uma vala comum, todos com o mesmo gosto de morte. Suas roupas não decompostas eram aventais brancos, sapatos pretos, muletas, tubos respiratórios e cateteres. Outros corpos apresentavam vestígios de fraturas e ferimentos. Aquela garota foi testemunha ocular antes de ser queimada. O Tribunal da Ex-Iugoslávia condenou o prefeito de Vukovar, Slavko Vukmanović, e três oficiais do Exército Popular Iugoslavo. O massacre da fazenda foi o que representou aqueles pergaminhos brancos.

Onde aquela garota mora agora? Ela pode esquecer o que foi feito com ela? Na memória de todos, é uma bela cidade que simboliza a independência da Croácia. No grande salão chamado Pátria, estão espalhados os corpos dos mortos, que outrora estiveram entre os vivos, muitos dos quais já se foram e nunca mais voltarão. Numa cidade, cinco mil civis foram mortos e 401 ainda estão desaparecidos. Bojanic, irmão da croata Ayla, amiga de Sabina, estava na lista. O cerco continuou por três meses em Vukovar depois que a Croácia declarou sua independência, para ser incorporada à República da Sérvia após o ataque. Karijana, a garota queimada, na parte inferior da foto, deu testemunhos extremamente horríveis sobre o acordo de paz que não resolveu o problema de curar as feridas do passado. Os corpos não foram enterrados novamente, nem os desaparecidos.

O porão do hospital foi transformado em museu para homenagear as vítimas e a devastação que se abateu sobre Vukovar. As crianças sérvias e croatas frequentam a escola juntas, mas nas salas estão separadas em duas partes, sendo hoje uma das zonas mais pobres da Croácia. As histórias são parecidas e ainda tenho medo de me olhar no espelho!

Eu me pergunto como um jornalista tira suas fotos de guerra? Como não poderia estar embaçado quando as lágrimas tremiam em seus olhos? Ele queria nos dizer que eles estavam aqui? Os dois sapatos nos quais foram enfiadas duas metades das pernas do que restou de um homem bósnio quando se rendeu às forças sérvias, que haviam se disfarçado e vestido como forças de manutenção da paz na região de Srebrenica, massacrando-o e deixando os sapatos presos entre as folhas das árvores. Sabina correu entre aquelas folhas e não caiu!? Steppe diz para procurá-la lá, a cada ano eles descobrem mais corpos e revivem aqueles que foram enterrados anteriormente para que o mundo se lembre deles. Celebram-no numa área declarada pelas Nações Unidas como zona segura, sob o controle das forças holandesas traiçoeiras de manutenção da paz. O estranho é que caiu nas mãos dos sérvios em 11 de julho de 1995, mês em que caiu Sabina.

Ela caiu em um poço fundo e ninguém a ouve, exceto eu. Uma fila única, de três milhas de comprimento, incluía quinze mil muçulmanos, todos desarmados. Viajaram trinta milhas em território hostil, matando centenas de pessoas das formas mais horríveis, em emboscadas planejadas pelos sérvios bósnios, usando uniformes militares roubados das forças de manutenção da paz, distintivos, equipamento e carros roubados. Três cargas de balas são usadas por um sérvio todos os dias. Indiferentemente, ele as aponta para os peitos e cabeças das vítimas muçulmanas às quais anunciaram que estavam seguras, por isso acreditaram neles e deixaram para trás as suas casas outrora quentes. Suas belas vielas, mesquitas, pontes e o paraíso do rio Drina. Deixaram tudo isso e caminharam com os pés para a morte em massa, que não teve piedade deles, exceto nas grandes covas em que seus corpos foram amontoados lado a lado!

Esta imagem passou diante do jornalista facilmente? Ou isso o deixou ansioso ao ver como a morte atacava todos que se refugiavam em sua fraqueza, apressando-se em destruí-los da forma mais feia...!

A resposta veio rapidamente, pois Goran conhece muito bem Steppe, e ele ainda guarda algumas informações que aparentemente esconde de todos nós. Goran me reuniu com o jornalista de guerra Ivo Lebovic, croata, que tem mãe bósnia! Coincidentemente, ele conhecia Bojanić, irmão de Ayla e Izzat, primo de Sabina e noivo de Amina. Ele viveu o cerco, momento a momento, e escreveu um livro sobre isso intitulado "Aqui... eles estavam...". Ele me deu uma cópia durante nosso primeiro encontro, e a primeira frase com que abriu seu livro foi:

O cerco de Lingrad durante a Segunda Guerra Mundial durou 872 dias. Mais de dois milhões de civis morreram lá. Cinquenta anos depois, foi a vez de Sarajevo! E a minha vez de falar...

Ele não estava longe do rio Mlyatska, cuja ponte foi destruída no cerco de Sarajevo. Ele morava em um prédio de apartamentos com vista para o rio e lá tirou dezenas de fotos de quem o atravessava para pegar água. Ivo andou entre Rogatica, Mostar e Sarajevo. Registrou tudo o que viu em seu livro, além de ser membro de uma associação preocupada com pessoas desaparecidas.

Foi nosso primeiro encontro e foi difícil para mim!

Assim que ele falou das meninas vendidas em Rogatica, me vi vomitando debaixo do pombal. Goran me alcançou e me pediu para ser mais firme, pois nem todas as mulheres desaparecidas foram vendidas, como eu pensava.

— Se ela for uma delas, deve chegar um dia em que ela retornará.

Levantei depois que o garçom me trouxe um copo de água.

— Mas eu vejo minha morte, Goran.

— Não estou melhor do que os outros.

— Nenhum DNA nos mostrou qualquer evidência disso, nenhuma sepultura aberta, nem mesmo o maldito Steppe.

— Olhe nos meus olhos... Você a vê passando na sua frente?!

Eu não respondi a ele. Voltei para a mesa e pedi desculpas ao Ivo. Ele me pediu para tomar meu café, então tomei um gole e fiquei esperando para ver se ele diria alguma coisa. Ele estava bebendo silenciosamente e de maneira entediante. Então perguntei a ele:

— Sr. Ivo, o Steppe lhe mostrou alguma coisa?!

— Quem é Steppe?

Olhei para Goran com espanto. Pensei que todos que conheciam o Goran necessariamente conheceriam Steppe. Entendi que Ivo não sabia sobre Steppe, então fiquei em silêncio.

— Deixe então, descreva-me o que aconteceu em Rogatica e Tuzla.

— Tudo o que vi foi depois de a cidade ter sido esvaziada dos seus residentes, exceto um pequeno grupo que não saiu, e eles foram testemunhas do que foi feito às pessoas da sua cidade e àqueles que estavam nos ônibus que transportavam os migrantes, passando por Montenegro e outras áreas até a Albânia. Alguns deles permaneceram dias em Rogatica e depois foram levados para local desconhecido e as informações foram cuidadosamente registradas.

Imediatamente abri minha carteira e tirei a foto dela. Empurrei para ele e minha mão tremia.

— Olhe para ela. O nome Sabina apareceu para você?

Ele estendeu a mão e examinou o rosto dela, seus olhos brilhavam, e não sei por que ele olhou por tanto tempo, como se escondesse seu segredo.

— Sim! Talvez... hum, não sei!

Todos nós pulamos de nossos assentos, eu, Goran e Ibrahim, que se juntou a nós. Agarrei-o pelo colarinho e puxei-o para mim com força, depois coloquei-o de volta na cadeira.

— Você tem noção da sua resposta?

Ele respondeu hesitante

— Eu disse talvez

— Mas você disse sim, ó croata!

Ele respirou fundo e então disse:

— Duas semanas após a destruição de Rogatica, inspecionei a minha área com um dos residentes e descobri que um grupo de moças se refugiou com famílias na mesma cidade e depois se separou. Não ficamos satisfeitos com aquela notícia, mas estávamos anotando os nomes das mulheres refugiadas, e Sabina era uma delas.

— Você a encontrou pessoalmente? Eu irei com você até aquela família.

— Infelizmente, eu próprio queria ouvir os detalhes da sua deportação, mas cheguei no tempo perdido, fui até a casa da Sra. Hayat Tukhman e não a encontrei, ela foi uma das poucas famílias que desapareceu nas montanhas e voltou para sua casa semanas depois e seu conteúdo já tinha sido saqueado. Naquele momento, ela estava em uma longa fila, esperando sua vez de pegar água na torneira de uma escola abandonada. Eu a encontrei com um ferimento profundo na cabeça devido a uma explosão no abastecimento de água. Ela estava tensa e nervosa e não queria falar com ninguém. Quando me aproximei dela e descobriu que eu era jornalista, ela estendeu-me a garrafa e sacudiu-a, depois tirou um osso pertencente a um cadáver, era de cor rosa e indicava uma data de falecimento não muito longe! A primeira vez não consegui falar com ela, senti o terror que a habitava. Então procurei sua filha, Suzan, e ela me explicou os acontecimentos da tragédia e me mostrou fotos de sua família, composta por pai, mãe e dois tios da parte da mãe.

Ela me contou a história de seus irmãos terem sido presos no campo de Sujista, famoso pelo terror. Quanto a Sabina, ela me confirmou que lá se refugiou com três meninas que vieram do noroeste da Bósnia, da região de Sanski Most e da aldeia de Kozluk, leste da Bósnia, num estranho incidente. Não encontrei nenhuma delas para me contar sobre o comboio que as pegava e carregava em caminhos rurais isolados, pavimentados com morteiros e plantados com minas, e em ambos os lados havia atiradores parados, enquanto ela ouvia os insultos dos sérvios cujas lâminas penetraram na carne humana, nas mochilas, nas solas dos pés e nos ursinhos de pelúcia das crianças encharcados de sangue. Gritaram-lhes: Matem-nos... Matem-nos...! Nenhuma delas falou sobre o seu pai idoso, que foi jogado em um pneu da beira da montanha, diante de seus olhos. Nenhuma delas falou nada, enquanto saíam secretamente com a família do imã da mesquita, Nazim Halilovic, para Kozluk, como nos disse um dos colaboradores próximos do xeique, depois de os aldeões terem assinado uma renúncia total das suas propriedades às autoridades sérvias.

Não sei se é verdade que eles foram para Kozluk e se estabeleceram lá ou não. Algumas pessoas seguiram em frente atravessando a ponte Drina, adjacente à Sérvia. Os guardas obrigaram eles a regressarem aos ônibus que os levavam à cidade sérvia de Chamac. Há três anos, Kozluk foi exposta a uma tragédia mais horrível que a nossa, e não creio que ela tenha se acalmado naquela época! Diz-se que o xeique Khalilo Fitch foi deportado sozinho, sem a família, para a Áustria.

Eu o interrompi enquanto ele acendia o cigarro e engolia a cerveja pesada que Goran havia pago para ele!

— Mas os residentes de Kozluk foram deportados para a cidade sérvia de Samac e pararam ali na pequena estação Palic...

— Sim! Num trem de dezoito vagões, foram descarregadas 1.800 pessoas, entre homens, mulheres e crianças, que ficaram detidas durante quatro dias no trem. No meio de campos habitados apenas pelo terror. No início, a Áustria recusou-se a aceitá-los, pois poucos tinham documentos de viagem. Só tiveram tempo de enfiar as roupas nas malas, Beijaman! A Hungria fez a mesma coisa e recusou-se a cruzar o seu território para a Áustria. Mas o assunto terminou com eles entrando em seu território. Eu lhe disse que apenas Khalilo foi deportado, mas as mulheres que estavam com ele provavelmente voltaram para Tuzla!
— Ah... Tuzla de novo?
Ibrahim fechou os olhos e murmurou:
— Srebrenica de novo!
Goran adicionou:
— Não se esqueça que depois do acordo de paz de Dayton, um milhão e meio de bósnios foram deportados internamente e, após três anos, apenas uma pequena parte deles regressou.
— Estou quase enlouquecendo! Sinto que outro crime está sendo cometido contra mim. É um crime me deixar passar fome até saber o destino de Sabina.
Ivo apagou o cigarro e acrescentou:
— Você não está com fome sozinho. A garota que perdeu seus dois irmãos no campo de extermínio e as verdades silenciosas e infernais, Sugista, não viu a luz desde a prisão deles. Além de perder sua honra, ela perdeu a visão e compartilhou com eles uma vasta dobra de escuridão. Ela tropeçava no caminho sempre que se lembrava da longa permanência deles em linha reta na praça. A única pessoa que conseguia ver era o guarda gordo que carregava seu rifle pesado e olhava para eles da torre. Eles tremiam de extrema fraqueza, o cozido de feijão não satisfaria nenhum deles! É um lugar onde matar, humilhar, espancar e mutilar se tornam uma forma de recreação! Os esqueletos escavados pertencem a 22 vítimas de uma vala comum perto do campo

de prisioneiros de Sujesta, 22 esqueletos completos, um dos quais pertence a um menino de seis anos. Pelo menos duas vítimas foram algemadas com arame de ferro durante a execução e suas identidades ainda são desconhecidas. Suzan insiste que eles são irmãos dela! Apesar da incompatibilidade de DNA, os trabalhos de recuperação dos corpos no local foram encerrados, mas o instituto ainda procura cerca de 260 vítimas desaparecidas desde a guerra... Você não está com fome sozinho!

Saí da mesa e fui andando até a casa da Amina enquanto a chuva caía forte, eu estava tremendo e sentindo o que Suzan sentia. A morte nos une em uma história e destrói as células do pensamento sobre o destino. Comecei a pensar no destino dos irmãos de Suzan, que um dia protegeu Sabina, e não sei como alcançá-la para devolver a beleza do que ela havia feito.

Como posso não tremer...? Os guardas de Sujesta estavam muitas vezes bêbados, cantavam enquanto torturavam, obrigavam à força as prisioneiras a praticar sexo oral e a fazê-lo coletivamente e de forma animalesca, forçando os homens a morderem os testículos uns dos outros. Encheram a boca de um dos retidos com um rato vivo para silenciar seus gritos e choro dele. Um deles riu, dizendo: Você está melhor do que sua família em Sarajevo. Só o batalhão do meu irmão roubou as cargas dos comboios de socorro em Elijah e nada além de macarrão chegará às suas famílias.

Ele riu alto até morrer, ele e o rato juntos! O que é bárbaro é que os torturados foram detidos num galinheiro fedorento, e os seus algozes eram vizinhos antigos de alguns prisioneiros, a maioria dos quais eram prisioneiros de Drlijacha. Eles não eram civis e não estavam armados, eles foram obrigados a carregar os cadáveres apodrecidos de seus amigos e arrastá-los para caminhões de lixo com as próprias mãos!

Estou com fome, tremendo e prestes a enlouquecer.

Quantas vezes estive à beira da verdade! Mas não levantei minha cabeça para o céu e nem caí ainda. Eu estava balançando no ar, esperando cair numa planície verde para me deitar ao lado de Sabina, sem contar a ela sobre o formato do meu coração, que se tornou como uma pera podre. Eu teria me contentado em beijá-la, tocar seus ossos, e passar os dedos entre... o quê?! Será que ela ainda terá cabelo brilhante? Ou será um crânio esmagado?

Ainda não caí, nem alcancei o céu. Caminhei sozinho pelos becos de Sarajevo, falando sozinho em voz alta, sem prestar atenção nos transeuntes que estavam sempre fumando e olhando para mim. Queria colocar a cabeça no ombro de Amina só para respirar, mas não o fiz. Na verdade, senti como se minhas pernas estivessem apodrecendo! O que me fez evitar passar por Amina, antes de deixar meu corpo por um tempo na água fria do chuveiro. O que aconteceu entre mim e Ivo afetou minhas roupas com o cheiro de morte que atingiu a memória de Kuentz, a cidade onde Suzan se estabeleceu, como soube mais tarde por Ibrahim. Semanas depois de Sabina ter deixado sua casa, Suzan e a sua mãe mudaram-se para a cidade de Kuentz, onde mora a família que é de origem albanesa.

Na casa de seu tio Chablo, com vista para o rio Neretva, que divide a cidade em duas metades, ela também estava apodrecendo! Sua mãe triste abria a maior parte do tempo a janela do quarto para respirar, mas rapidamente voltava a fechá-la e respirar com dificuldade. Ela gostava de se torturar, era assim que Chablo e sua esposa pensavam. Ibrahim conheceu Suzan numa cerimônia para enterrar os restos mortais retirados de um túmulo recentemente descoberto. Ela estava deitada entre dois caixões grudados e não fazia nada além de chorar silenciosamente. Se ela encontrasse o que procurava...

Que sorte ela tem. Ela olhou para o céu e sorriu apesar da dor. Então eu pensei!

Ibrahim estava na época em visita à cidade de Quintes e estava acompanhado de seu amigo, o motorista do ônibus, Andrea Luan, que levou ela a Quintes, junto com trinta familiares das vítimas, a maioria mulheres, com exceção de Chablo e três homens idosos. No caminho de volta, a noite caiu sobre eles, fazendo o ônibus cair em um buraco no caminho e quebrar uma de suas rodas. Pararam perto do Lago Boračko e aí que me enganei. A dificuldade de respirar de Suzan voltou. Ela caiu em um estado de semiconsciência, cujas causas são desconhecidas, assim que avistou o hotel perto do lago. Ibrahim iluminou o rosto dela com sua lanterna. Ela estava isolada atrás do ônibus, com lágrimas brilhando nos olhos, implorando para o céu que devolvesse alguém rápido. Por ser um homem perspicaz, Ibrahim percebeu que o lugar guardava uma lembrança inesquecível. Ele lhe ofereceu seu lenço, mas ela se recusou a aceitá-lo e preferiu enxugar as lágrimas com a ponta do véu. Ele perguntou se ela precisava de água, mas ela não respondeu. Ela correu até uma colina perto do lago, ignorando o motorista, Andrea, que chamava os passageiros após consertar a roda.

Na verdade, ela não ignorou o chamado dele, mas sim, sofria da deficiência auditiva causada pelos gritos das mulheres estupradas quando foram detidas em um hotel com vista para o lago, no início de 1995. Era uma prisão temporária que abrigava dezenas de prisioneiras, mulheres bósnias, além de dezenas de croatas da cidade vizinha de Mostar. Os sérvios os atacaram no final da noite, depois de os amontoarem em lavanderias no térreo. Eles estavam bêbados e fazendo uma orgia. Disseram-lhes brutalmente que tinham matado os seus filhos, recém-nascidos, e torturado os seus homens. Elas não tiveram escolha, senão cobrir suas cabeças e corpos com cobertores podres, por medo.

A luz da manhã chegou e elas permaneceram neste estado de pavor, acompanhado de episódios de choro dilacerante. Suzan, por ser tão bonita, foi uma das vítimas que foi levada por um dos soldados para um quarto na parte de cima do hotel sob o pretexto de que ele a amava muito! Ele queria fazer sexo com ela, então fez o que fez e prometeu que a salvaria e a libertaria para permanecer na casa de uma mulher sérvia, amiga daquela criminosa, chamada Ila. Ela conseguiu um abrigo para Suzan no porão de sua casa perto do lago por três dias, mas quando ela descobriu sua tentativa de suicídio, ela a empurrou pela porta um pão, duas latas de sardinha e uma garrafa de água. Depois a liberou e a deixou escapar, e então ela andou pelas florestas do Monte Sarvani até chegar à casa de seu tio Chablo. Lá ela encontrou a sua mãe, que havia sido libertada pelos sérvios em um incidente de troca de prisioneiros do outro lado de Mostar. Nem todos eles estavam vivos, mas tinha cinco corpos carregados na traseira do caminhão gigante.

Alguns foram recebidos por soldados muçulmanos e levados para um subúrbio de Mostar, onde foi montado um campo de refugiados. Alguns deles reconheceram seus parentes e começaram a perguntar ansiosamente por informações. Os cadáveres que estavam carregados acima de suas cabeças olhavam para o céu e sorriam! Quanto a Suzan, ela só se viu nos braços da mãe, que tremia violentamente devido aos tremores nervosos que sofria e segurou os dedos da palma da mão enquanto murmurava:

— Eu não te disse que nos encontraríamos novamente e olharíamos nos olhos uma da outra...?

A mãe dela não a teria ouvido, pois ela havia perdido completamente a audição, pelo mesmo motivo! Então percebi o motivo da minha decepção comigo mesmo com a minha ruindade pelo fato de Suzan ter erguido a cabeça para o céu e sorrido só porque havia encontrado os ossos de seus irmãos.

Andei dois quilômetros na contramão, como se não soubesse onde era a minha casa, quase caí em um buraco que os funcionários municipais deixaram descoberto sem sinal de alerta, mas parei na beirada e rolei uma pedra grande para testar minha audição! Ouvi que atingiu o fundo, estava perto, o que significa que não era fundo. Agradeci a Deus por ter permanecido vivo sem perder a audição como a mãe de Suzan. Sim, não ouvi diretamente os terríveis gritos das mulheres sendo estupradas, mas ouvi os gritos dos parentes dos desaparecidos que estavam ao lado do buraco Boris Ivich, que fica perto do Lago Burachko, o buraco que as pessoas pensavam por séculos que não tinha fundo.

Mas hoje, graças a uma das testemunhas que sobreviveu ao massacre de uma aldeia perto do lago, eles pararam e observaram como eram levantados os ossos dos corpos que foram jogados nele a oitenta metros de profundidade. Na lateral da cova, os corpos foram empilhados e a equipe do Comitê Bósnio para Pessoas Desaparecidas começou a examiná-los para determinar sua idade e sexo. Pararam de examiná-los quando uma mãe gritou e encontrou os ossos de sua filha, e ela a identificou pela bainha do vestido azul que estava rasgado. Os olhos dos escavadores se encheram de lágrimas. Todos choravam ou gritavam. Outra mãe permaneceu em silêncio enquanto procurava seu filho entre os ossos, enquanto alguns trabalhadores gritavam para aqueles que estavam no fundo do poço:

— Vocês encontraram crianças?!

Ninguém respondeu, até que saíram com uma mistura de ossos e pedras que me levou a ir até minha casa, onde um banho de água quente me esperava. Sim, eu temia perder a audição e a visão, precisava ver o rosto de Sabina e ouvir sua voz, mesmo em sonho...!

Há duas horas, estou caminhando ansiosamente. Um bando de pássaros pretos passou direto sobre minha cabeça. No começo não me importei com eles, mas assim que pousaram na ponte do rio, um estranho tremor passou por mim. Senti que queriam dizer alguma coisa, mas ficaram em silêncio, pois era para o espaço que eles revelam os segredos. Sabina adorava pássaros pretos, especificamente os pretos! Ela muitas vezes ficava na ponte para alimentá-los.

Por ela, falei com a sua assombração. Coloquei a mão na jaqueta e apalpei procurando o saco de migalhas de pão.

Quando tive certeza de que ele não estava lá, percebi que estava agindo como um louco, então comprei uma rosca grande de queijo de um vendedor ambulante. Virei o rosto e corri até os pássaros, queria pegar um deles, mas eles voaram rapidamente e conversas melodiosas passaram entre eles.

Joguei a rosca para o peixe do rio e ela desapareceu num instante, assim como minha cabeça desapareceu no travesseiro onde dormi por três dias consecutivos. Parecia como uma morte tranquila ao acordar. Organizei os documentos e papéis que tinha, como alguém cuja partida está se aproximando.

Relutei em deixar meu diário para Amina, pois não queria sobrecarregá-la, então destruí as primeiras dez páginas que havia escrito. Respirei fundo e coloquei a mão no bolso da camisa suada para sentir a foto de Sabina e encontrei um pedaço de papel cheio de tristeza, sua tinta havia desbotado e suas palavras quase desapareceram dos muitos beijos e cheiros que havia dado nele! É a única carta de Sabina que recebi enquanto era prisioneiro em Teerã e pensei que não havia sido ela quem a escreveu, mas tudo bem! Sua alma estava nas palavras. Senti o mesmo tremor que sente uma rosa quando não tem espinhos para protegê-la! O tremor de um bósnio que esqueceu cada palavra que memorizou quando vagava sem rumo e enquanto esperava a morte que o aguardava, suas lágrimas brilhavam em seus olhos e ele quase não se lembrava de nada, exceto da palavra Deus...! Deus: A esperança que nunca morre! Repeti da mesma forma, porém, meu coma continuou até o final do terceiro dia, que terminou rapidamente enquanto eu encarava a sombra de Amina, que passava por mim varrendo o chão do quarto, tirando o papel rasgado, as bitucas de cigarro e restos de torta de maçã que eu havia deixado descoberta.

Ela ficou em silêncio por um tempo, depois falou comigo com algumas palavras. Queria recordar-me a conferência cujas sessões terão lugar amanhã em Sarajevo durante dois dias, e ela será uma das suas representantes. Ela sabe que pedi desculpa pelo documento que inicialmente hesitei em submeter, mas finalmente concordei em acompanhá-la para ouvir o seu discurso, que ela dedicou ao desempenho e aos deveres da comunidade internacional para com a Bósnia. Ela abordou o tema sob a perspectiva de que humanidade é como atirar cinzas nos olhos e que as potências globais se escondem atrás das máscaras de medicamentos e alimentos. A verdade é que a conferência não foi importante pelos trabalhos apresentados, mas sim encorajadora pelo que se passava entre os seus convidados às margens. Nos corredores do grande hotel, felizes coincidências perseguiam todos os que procuram a verdade que de fato estava nas garras do desconhecido. Todos ali viram com os próprios olhos e não com os olhos de ninguém, e ouviram com os próprios ouvidos e não com os ouvidos de ninguém, e a uma voz interna dizendo: Não queremos parar no passado para lembrar como os sérvios passaram por cima dos nossos ossos enquanto chorávamos, pedindo ajuda. Em vez disso, queremos que um castigo recaia sobre os corpos daqueles que nos massacraram!

Às onze horas da manhã, ocorreu o primeiro encontro: uma mulher de cinquenta anos de Bratunac chamada Fadila. Ela própria criou uma associação civil de mulheres para devolver-lhes as casas das mulheres bósnias registadas em seus nomes depois de os sérvios de Srebrenica as terem tomado. Ela apoiou as suas exigências no Acordo de Dayton, que garantiu esse direito a ambas as partes... E de fato, o crédito era dela por devolver as casas aos seus proprietários.

Tomamos café nós três e, no início, nossa conversa se deu como se nos conhecêssemos. Até que, de repente, me vi procurando uma palavra para dizer, incapaz de abrir a boca ou olhar para ela. A ideia da sua associação começou depois de ela e as suas duas filhas partilharem um quarto com duas famílias pequenas, que alugaram de uma velha sérvia viciada em álcool. Esta velha costumava torturá-las, contando histórias de venda de mulheres bósnias e deportação para países vizinhos. Claro que foi isso que me tirou o fôlego e deixou facadas no meu coração de onde eu não sabia... Fádla estava viciada em olhar nos olhos daquela velha insuportável, como se procurasse um esconderijo da sua fala muitas vezes confusa... e quando a janela foi fechada e a eletricidade foi cortada, elas se renderam ao quarto frio e às cobertas rasgadas que as colocaram em um sono profundo, e antes disso se renderam à parede onde limparam o ranho de tanto chorar.

A única que não dormia cedo era Fadila. Todas as noites, ela ouvia o ranger dos dentes da filha caçula, que lembrava o ranger de uma pedra. Não parava até que seus beijos chegassem em meio às lágrimas!

Amina fez a sua parte e a esgotou com perguntas. Ela estava anotando tudo, com muita atenção. Meu papel era permanecer em silêncio, mas prometi a Fadila traduzir o que aconteceu entre nós para o persa, e depois publicar em jornais iranianos online e deixar assinado com o nome do meu amigo Ihsan!

Fadila era ex-enfermeira do Hospital Kosevo, em Sarajevo, e tinha testemunhos que escreveu num livro que a sua associação adotou para publicação. Ela trouxe alguns testemunhos para entregar na conferência e apresentá-los aos jornalistas. Ela me mostrou um arquivo contendo algumas fotos, a primeira delas era de um homem deitado em uma cama, com os olhos cobertos por uma gaze branca, puxando as pontas de um lençol cinza manchado de sangue. Ao lado dele estava um único médico retirando estilhaços de sua perna direita. A data e o local da vítima estavam escritos abaixo da foto, "Corredor da Clínica de Trauma Hospital Kosevo 1994", e seu rosto estava aterrorizado por este prédio marcado por estilhaços, balas de atiradores e bombas, alvo de 172 ataques. Em 1992, forçaram a evacuação do hospital mais de uma vez, incluindo recém-nascidos, alguns dos quais morreram por falta de oxigênio.

A situação se repetia em todas as cidades afetadas, como aconteceu em Bihać, considerada uma área segura declarada pelas Nações Unidas. As Forças Canadenses estavam se comportando com uma terrível negatividade: não conseguiam proteger o hospital, apesar dos capacetes azuis! Quanto à cidade vizinha, as forças americanas estavam visitando um restaurante em uma colina próxima chamado Kontaki Sonia, que havia se transformado em um campo de detenção administrado por sérvios, não responsabilizaram ninguém pelos atos criminosos, não perguntaram nada e nem investigaram, já que não estava oficialmente registrado nas listas dos campos de concentração! Tudo isto aconteceu de forma completamente fria, enquanto o cerco de Sarajevo zombava das Convenções de Genebra, que estipulavam claramente que os hospitais estavam imunes a qualquer ataque! Radovan Karadžić esqueceu que era médico!

 Seu rosto me lembrava de Sabina e Amina, quando ouviram pela primeira vez os alto-falantes e a rádio que expressaram a necessidade de evacuar os civis do campo de batalha... eles foram simplesmente avisados, logo sitiados e a cidade varrida deles. Fadila viu um claro impacto nas minhas expressões faciais, especialmente quando mencionou a questão da venda e deportação de mulheres bósnias. Ela respirou profundamente e depois disse, como se direcionasse a conversa para mim:

 — A OTAN já nos enganou o suficiente. Mas não ficaremos calados mesmo que peçam desculpas. Querem que esqueçamos, para que obscureçam a realidade, que falemos apenas dos fatos, e nós queremos mostrar a verdade ao mundo!

 — Os mortos não serão ressuscitados com um pedido de desculpas, minha senhora.

 — Quatro meses depois da OTAN ter assumido a segurança da Bósnia, de acordo com os Acordos de Paz de Dayton, um jornalista espanhol viajou para o norte da Bósnia. Era amigo do meu ex-marido, morto num bombardeio sérvio à biblioteca pública, que inclui milhares de documentos e manuscritos que contam a história do Islã nos Balcãs, e ele era o seu guardião. A missão do jornalista era procurar os acusados do tribunal de crimes de guerra de Haia. Você sabe o que ele encontrou?

Amina olhou para mim e eu respondi, sarcástico para este mundo:

— O quê...?

— O comandante do campo de prisioneiros de Sugista — de péssima fama— que foi contratado como assistente da polícia e outros três réus de genocídio foram colocados sob o seu comando. Também em Bosanski Shamats, um importante acusado ocupa um alto cargo na cidade de Foča e no Sul, especificamente em Weitz, a mesma cena se repete. Sérvios e croatas livres passeando nos bares...

— Oh meu Deus! Todos foram acusados de estupro organizado, Beijaman!

— O mais estranho é que estavam sob o controle europeu: os franceses, os holandeses e os britânicos que distorciam deliberadamente as suas vidas.

— Eles não distorceram isso sozinhos. Lembra-se do que o presidente Alija Izetbegović disse?

— Ele fez muito pela Bósnia e Amina sabe de cor todos os seus grandes discursos.

— Comentando o fracasso dos muçulmanos em relação à nossa causa e declarando a continuação da luta e a defesa do nosso país, considerando a nossa tragédia, disse ele, "uma nova Palestina", "Se o nosso massacre é o preço pela unidade do mundo islâmico, então que seja bem-vindo...!".

— O mundo islâmico estava unido pelo nosso sangue, enquanto Izetbegović garantia a 100 mil sérvios pacíficos os seus direitos pelo que sofreram e o que nós sofremos. Eles estavam entre os que permaneceram e ficaram sitiados em Sarajevo.

Ela não me perguntou especificamente sobre Sabina. Amina sentou-se com ela antes e elas conversaram sobre suas feridas comuns.

Um silêncio caloroso prevaleceu entre nós, e apenas alguns momentos se passaram até que um dos hóspedes se apresentou a nós, pedindo-nos que aceitássemos o seu convite para almoçar fora do hotel. Ele era o jornalista espanhol, o amigo do ex-marido de Fadila. Ele era simpático, como costumam ser os espanhóis. Por isso não hesitamos em aceitar o seu convite.

Chegamos a pé ao restaurante de estilo popular "Europia". No caminho, passamos por casas térreas, cujos proprietários estavam restaurando suas entradas, que estavam cheias de árvores de tramazeira, e os seus telhados desabados devido aos bombardeios de artilharia. São casas cujos moradores não acendem as luzes à noite, dormem cedo e, logo após o pôr do sol.

Não creio que estivessem sonhando com as férias, que passavam na praia, jogando vôlei com os filhos, brincando na areia, fazendo castelos, grelhando milho e comendo as famosas panquecas de burik. Estas pessoas perderam os seus empregos, durante e após a guerra, por isso costumavam vender os seus vegetais e produtos domésticos no mercado externo. As árvores cresceram densamente em ambos os lados da estrada. Cresceram, apesar de não esquecer as canções que caíam com cada folha, então as crianças cresceram ao som de seu sangramento. Vejo-os hoje levantando-se de manhã e recolhendo pedaços da guerra e da destruição que ela deixou, como se estivessem colhendo o espinheiro dos massacres! E eu, que estava longe deles, luto em uma escuridão eterna e passo a mão nas suas cabeças. Como eles, varro minha voz todas as noites com suas luas perdidas.

Passamos pela Mesquita Sinan Pasha e vimos que estava fechada para obras de manutenção, doadas por um país do Golfo, que penso ser o Kuwait. A mesquita foi alvo de um ataque violento durante a guerra e acabou por se tornar uma ruína, e a voz do imã do Kuwait, Fahd Al-Ali, que é casado com uma mulher bósnia, não está mais sendo ouvida. A duzentos metros de distância, há uma antiga igreja ortodoxa, guardada por uma nascente onde nadam patos brancos. Ainda tocam os sinos, lembrando-me o tédio que se abateu sobre um grupo de soldados tchecos, altos, corpulentos e loiros. Eles estavam perto da igreja para proteger aqueles que ali se refugiavam e preparar água e comida para eles. Um deles caiu em uma estranha história de amor. Ele abandonou a proteção e fugiu com uma menina bósnia que se refugiou na igreja, amou-a e casou-se com ela num dos distritos da Federação Croata da Bósnia, na cidade de Rizvanović, que é cercada por assentamentos sérvios!

A Šumira é uma das muitas pontes construídas sobre o rio Miljacka, um afluente do rio Bósnia, que divide Sarajevo em duas partes. A Šumira foi construída por Haji Hassan em 1006. Hoje estamos sentados perto dela, talvez para reclamar com Haji Hassan: Nossas cabeças estão ligeiramente desviadas em direção às crianças que nos esperam. Ele sonhou que uma bala havia chegado até ele, deixando-o vagando em agonia. Os pombos mudaram e não se reúnem mais na praça próxima. As crianças estão agora sentadas em frente aos retratos dos pais pendurados na parede, e olham para eles, chamam por eles, e ninguém as ouve, exceto as paredes!

Quem disse que estou com fome?

Mordi devagar um pedaço de queijo e duas nozes e fiquei satisfeito. Só estava com fome do que diria o jornalista Caprio. Ao nos depararmos com essas coincidências, temos a certeza de que foram as obras do destino que nos empurraram sem força para passar por esta terra. Para que a nossa passagem seja meros passos ardentes, ou as nossas vozes, meros gritos arrebatados pelo espaço que procuram rostos escondidos pelo barulho... que barulho?

Mortos que não aderiram à morte e ainda não a alcançaram. Mortos e vivos, eles estão preparando uma rocha para nos apoiarmos, para que possamos contar a eles o que eles fizeram conosco e o que nós fizemos a eles! Foi esta coincidência que realmente me levou a encostar na pedra perto do restaurante para dormir e ficar sozinho com meu choro interno. Caprio começou a falar sobre seu importante trabalho do qual participou na conferência. Não estávamos preocupados com a sua teorização ou estudos estatísticos, mas sim com a sua presença no leste da Bósnia no início da guerra. Principalmente porque Sabina passou lá e depois desapareceu. Existem documentos preservados, alguns dos quais apoiados em imagens, e foi isso que nos despertou a curiosidade de folheá-los e ler o que neles consta. Houve um batimento acelerado no meu peito assim que o nome dela saiu da ponta da minha língua, Amina.

"Limpeza étnica" é o termo que começou nas mãos da milícia do criminoso Željko Ražnatović, conhecido como Arkan, e a milícia conhecida como Tigres de Arkan, que eram uniformizados, chegaram em abril de 1992 para a cidade de Belina, a cidade que ainda não havia sido protegida a não ser pelo seu ar puro, seu lindo lago e suas noites de luar. Eles construíram barreiras ao redor para torná-la uma cidade isolada e ficarem sozinhos com seus demônios. Eles percorriam as casas para limpá-las dos muçulmanos bósnios, e o massacre começou naquele dia fatídico. No dia em que cumpriram o seu primeiro dever sagrado, decapitaram três jovens num posto de controle que separava a cidade do seu centro principal. Mais de vinte mil muçulmanos foram bodes expiatórios para o resto da vida. Os Tigres de Arkan prenderam alguns deles e o restante foi transferido para campos de prisioneiros desconhecidos, ou apenas alguns deles foram massacrados e fugiram.

Caprio foi um dos jornalistas mais importantes que escreveu sobre esse massacre. Bijeljina não foi a única cidade que passou pelas desgraças do Arkan. Em vez disso, em mais de onze cidades, ele fez o que fez com o apoio do Exército Federal, que liderou grandes operações para expulsar a população local, como fez na cidade de Zvornik, à qual deu um ultimato final para se render, até que a atacou com armaduras e mísseis. Na verdade, não passavam de bandidos que desempenharam um papel importante na situação da Bósnia e Herzegovina. Eles estavam simplesmente vasculhando a cidade com suas luvas pretas, cortadas no meio dos dedos. Imagino como Sabina estava pulsando entre aqueles monstros!

O jornalista Caprio encostou sua cadeira na cadeira de Amina e eu mudei a minha para ficar de frente para ele. Observei o que seu arquivo fotográfico revelaria sobre alguns dos massacres que presenciou de perto. Vi a marca da bala de um atirador, uma marca que ele carregava no braço esquerdo, foi atingido enquanto filmava execuções em massa por trás de uma barreira de concreto. Cem páginas não contam apenas a história do que aconteceu aos humanos, mas também do que envergonha até o mar quando não consegue rejeitar um afogado à terra!

A primeira foto de Sarajevo era de uma criança bósnia chamada Samer, com a cabeça enrolada, o braço esquerdo amputado, e ao lado dele estava um médico egípcio afiliado às tropas egípcias. Vinte fragmentos foram extraídos de seu corpo magro, e ele ainda sonhava com sua juventude para colocar uma masbaha[22] em seu braço como o resto dos combatentes muçulmanos para se distinguirem, mas longe disso, a morte o enfrentava cara a cara. Na verdade, Samer era da cidade de Bijeljina! Mas ele teve a sorte de estar com sua mãe durante a visita ao pai dela em Sarajevo, enquanto seu pai estava sendo massacrado no segundo serviço após o incidente dos três jovens que foram iniciados pelos Tigres de Arkan. Os jovens cujos corpos foram sacramentados e enterrados num parque público. Hoje, Samer vive com a sua mãe em Bijeljina, perto do mesmo parque público, e a sua mãe supervisiona um centro de reabilitação que hospeda trinta crianças nascidas após os estupros dos sérvios.

Caprio termina de falar sobre aquela imagem, e Amina franze os lábios de dor, não como fazem os fiéis nas mesquitas de todo o mundo, levantando as palmas das mãos em súplica, pedindo que a dor pela Bósnia seja levantada! Caprio

---

22 Objeto similar ao terço e um símbolo importante da religião islâmica. Também é usado para orações e meditações.

não percebeu as lágrimas de sua secretária e continuou passando as reportagens em vídeo. Entre as imagens, havia um cego andando em meio ao bombardeio, encostado na parede de um abrigo, depois de perder a família em um ataque de artilharia. Lá na foto, aparece uma velha mordendo um pedaço de pão, que lhe foi atirado de um avião. Um gato ficou entre eles com a boca aberta esperando o que seria atirado para ele, daquela velha miserável ou do bolso de sua carteira. Aquele cego errante, mas é impossível! No meio deles, estava a mãe de uma jovem, implorando ajuda.

    Eu estava cansado das fotos e do tempo pesado. O arquivo estava na metade e não há nada ainda sobre Sabina. A hora acabou e ele acrescentou metade de suas muitas histórias, além disso bebeu duas garrafas de cerveja com a maior calma até chegar a uma área intermediária que parecia uma ponte gelatinosa, tremendo e balançando, entre a morte e a vida. Em um terreno coberto de arame farpado, e especificamente no meio dele, Sabina ficou com o corpo vazio diante de um soldado das tropas de paz internacional, gritando na cara dele, abrindo seus braços, pedindo socorro! O que vi não foi um sonho, apesar do movimento na imagem que mostrava as pernas finas de Sabina, e ela parecia escura, por causa de um vestido que chegava até metade das canelas, que pensei que tivessem sido cortadas, de tanto que andou para a travessia da serra Maivitsa com a sola de plástico, uma das quais eu guardo! Não, não foram cortadas.

    Ela estava parada, como quem esperava o momento de sua queda, assim que o fotógrafo fechasse a lente. Sabina caiu, não só de dor, nem de humilhação, nem da dor da memória... mas da desolação da estrada que a deixou sozinha. Ela estava cercada pelo destino que a machucou mais do que deveria.

    Será que estava guardada para ela, a sorte de voltar para casa um dia? Ou será ela mais uma alma perdida — como suponho em alguns dos meus pensamentos que estavam vagando na viagem de tristeza?!

Embora eu estivesse apegado à minha consciência, a minha paciência, que já durava anos, acabou em um momento. É como se eu escutasse alguém me chamando: nada no universo ouve você, Beijaman, e ninguém terá piedade de você. Mesmo o rosto de Sabina que flutuava diante de você, agora não consegue impedir que a serra atravesse seus ossos.

Ela restringe seus gritos para confortar sua irmã, Amina, e implora para que ela não faça de sua dor um chamado. É ela quem carrega os lamentos da terra, é ela quem nos acompanha momento a momento, nós a respiramos, e ela não pode mudar o contorno dos seus lábios para um arco-íris. Ela conhece a nossa dor até nos momentos mais deliciosos. Tudo o que ela pediu, foi que lembrássemos em troca, que a vida nada mais é do que ela esperando por nós enquanto ela mói seu coração vazio e não descansa, por um momento, enquanto ouve o seu pulso. Foi como se Amina lhe respondesse com uma voz fria:

— Não estamos procurando o esquecimento. Este dia transformou seu rosto em um cervo assustado correndo em meu sangue. Este dia nunca pode perder a memória. Desde que você me deixou, fechei completamente as portas. Não tenho vontade de deixar o ar entrar por estar vestido com farrapos cheios de buracos, agarrado à escuridão durante a onda de frio, que me espera do lado de fora. Ressoa nos ladrilhos do jardim, mas não abro as janelas para nada. Eu sabia que isso era insuportável e por isso continuei procurando por você, convocando os caixões dos dias que eu descartava no último minuto da meia-noite. Risquei e com a mesma caneta coloquei uma linha em negrito embaixo do seu nome para fazer a esperança voltar, pois só posso cair no ombro de Beijaman. O homem que te amou mais que a vida, e mais que eu!

Amina se encolhe no assento e não consigo cobri-la com a ponta da jaqueta. Olhei para o rosto de Sabina, que parecia claro e perfeito. Ela falou palavras que emergiram do nosso silêncio devastado. Mas não consegui entender. Na verdade, fui eu quem teve as mãos decepadas! Então os arrepios se aliaram a mim e me deixaram tremendo. Sabina diante de nossos olhos?

Sua linda voz mudou e tornou-se como uma serra de tanto que ela chorou. Suas asas cresceram, porém, não acho que ela possa voar como costumava fazer todas as manhãs... ela vai até meu coração e pousa lá, contando. Quando minha ferida no Irã envelheceu, ela se contentou em ficar de pé na janela da cela, cobrindo metade do rosto com uma asa. Ela apenas olhava nos meus olhos, que não dormiam antes de derramar lágrimas, e sussurrava para mim:

— Vou deixar para você, Beijaman, minha foto como lembrança para você segurar todas as noites e acender fogueiras nela.

Sua imagem desceu como um cadáver frio no meio de nós, em busca de um túmulo quente! Ela estende a mão para mim e diz:

— Me dá suas mãos, Beijaman, pois vivo sob a ressurreição que sacode a terra, e o ar quente agarra minha garganta para fechar seu punho final, me afogando na escuridão.

No meio de uma floresta desconhecida repleta de serragem, Amina ataca a foto da irmã, chorando e soluçando. Eu ataco Caprio para nos explicar os detalhes da história da foto. Como a floresta é profunda, ele nos contou que a foto não foi tirada por ele mesmo, mas sim do arquivo de um amigo seu que hoje trabalha em Darfur. Ele foi observador militar dentro de Sarajevo por um período de seis meses dentro das Forças de Proteção Internacional, sentava-se em uma cabine ou em um quiosque de madeira. Isolado, ele monitorava e registrava as violações do cessar-fogo no local, depois escrevia relatórios limpos aos sérvios, que presenteavam ele e outros observadores ingleses e franceses com suas mulheres encantadoras e garrafas de vinho. A beleza deslumbrante de Sabina foi o que o levou a fotografá-la em particular, como ele mesmo disse! Ele havia se mudado para a cidade de Mostar e lá permaneceu por mais seis meses, antes de seguir em sua última missão para a cidade de Srebrenica, e lá foi tirada a foto de Sabina!

Respirou fundo e acrescentou:

— Srebrenica? Um estranho segredo para os vivos e para os mortos ao mesmo tempo: há sobreviventes do massacre que darão detalhes do destino exato de Sabina. Também há corpos descobertos todos os dias e ali enterrados.

Levantei-me olhando nos olhos brilhantes de Caprio e disse:

— Otimismo é uma tarefa árdua na jornada de busca por pessoas desaparecidas, meu querido. Assim como o sol se põe na casa do seu vizinho e você não acha que ele vai se por na sua!

Peguei a foto da mão dele sem pedir permissão, pois pertencia somente a mim! Amina não suportava olhar para ela, então coloquei-a no bolso e voltei para minha casa sem levantar o rosto para o céu, que parecia ainda mais desolado com o desaparecimento de sua lua e de algumas de suas estrelas, as quais Sabina contava nas noites de lua do nosso amor. Aos poucos, as estradas ladeadas de amoreiras e uvas vermelhas transformaram-se em caminhos escuros. A luz das lâmpadas começou a diminuir gradualmente e ela disse:

— Não há nada de errado com um pouco de música triste.

A cerimônia de homenagem aos desaparecidos e às vítimas e alguns dos sonhos que nos visitam à noite são o que resta do fio de esperança a que nos agarramos. Faltam três dias para o quinto aniversário do massacre de Srebrenica, e com certeza viajarei até lá para recitar Al-Fatihah e Surat Yasin às almas dos amigos de Sabina que a deixaram sozinha sem se preocupar em se despedir dela ou abraçá-la!

Lá, em um vale verde na República da Sérvia, nasceu Srebrenica. Aquela pequena cidade é um pouco parecida com a minha amada. Suas casas térreas de madeira agarram-se a um planalto, assim como Sabina se agarra ao lóbulo da minha alma.

Faz muito calor no verão e as pessoas ficam sentadas do lado de fora de suas casas olhando, chorando e rindo. Eles imitam exatamente o que Sabina faz comigo. Queima-me e sai das minhas roupas, deixando vestígios de manchas de choro nelas e nas paredes. Há mulheres muçulmanas que exigem a devolução das suas antigas casas na República da Sérvia. Eles vão vendê-las depois que os trabalhadores sérvios as renovarem. Mas os sérvios nunca pensam nessa possibilidade de compra.

    Eles o consideram um país azarado onde o sangue foi derramado e as vozes dos lamentos e dos muezins de oração se misturam com o chamado orvalhado vindo de cinco minaretes escondidos entre as pequenas casas. Sabina é como aquelas mulheres que levantam a voz com pedidos de retorno, lamentações e com as orações! Posso distinguir a voz dela de milhares de vozes se ela sussurrar, ainda mais que ela está aninhada nas minhas roupas. Sinto o cheiro dela, uma gardênia cresce na minha bochecha, assim como sinto o cheiro do meu perfume depois de me barbear todas as manhãs. Sentia o cheiro dela em todos os lugares, mesmo quando estava longe em Teerã e desapareci no porão da prisão. Quando chego exausto no final da tarde ou no final da noite ou quando morro!

    Sinto o cheiro dela quando durmo, de manhã e quando acordo. Ela está aqui comigo, aninhada em meu pescoço, subindo até meu peito e sussurrando: Traga água para nossa filha, Yasna! Ela está com sede... Eu não respondi porque estava correndo e correndo, até que minha respiração ficou curta e Yasna começou a chorar, querendo água e um beijo. Paguei-lhe um copo d'água, e o ar voltou ao meu quarto, e fumei meu décimo cigarro apesar da decepção dela passar pelo sonho, ou entre todos aqueles papéis e documentos brutais. Tenho certeza de que a vi e ela me reconheceu. Eu podia ver tristeza em seus olhos. Ela sussurra em voz baixa para não acordar Yasna. Deslizo até o rosto dela, que tinha os lábios franzidos no meio, como se ela quisesse dizer alguma coisa, um testamento ou algo parecido. Ela não teve a chance de soltar as palavras que lotavam sua boca, porque tentei beijá-la, mas ela sumiu, como nunca sumiu, da minha memória...!

As mulheres lá fazem tudo no lugar dos homens, elas pagam o dinheiro dos ônibus e viajam para a parada próxima de Fogocia e Sarajevo. Elas vão às autoridades muçulmanas com os Acordos de Dayton na garganta, pedindo ajuda para reparar e restaurar as suas casas. Elas os consideram bons. Dizem que vão reabrir as fábricas e os balneários, mas ninguém lhes promete compensar a vida daqueles que perderam, a não ser inaugurar oficialmente em Potočari a lápide comemorativa em memória do massacre, na qual está escrito — Srebrenica julho de 1995 — e por volta dela espalharam alguns tapetes ruins. Perto da lápide e debaixo de uma árvore que não dá frutos, há uma guarita de madeira pintada de vermelho, azul e branco nas cores da bandeira da República da Sérvia, guardada por um soldado sérvio!

Potočari não se parece com Sabina, exceto na pele, como ela consegue ter paciência com toda essa morte que a cerca?! Não sei.

Falta um dia e algumas horas. Amina ainda está conversando com o centro de exame de DNA, como se quisesse guiar o tempo com seu próprio ritmo. Ela fecha os olhos até o último momento em que viu Sabina, depois aperta o botão do telefone na mão dela, na lista de números importantes, ou então ela vai ao teclado do computador. Nenhuma voz lhe responde a ligação ou às suas mensagens. Na verdade, ela não passava de uma rosa cercada de espinhos, em um jardim escuro, em busca dos dedos de um fazendeiro. Ela só conseguia ouvir os passos pesados vindo em sua direção, e com uma tristeza fria, ouviu o telefone ser desligado do outro lado, e seus olhos pararam com as lágrimas, que poderiam ter inundado o chão.

— A minha amiga Ajan Switch vai junto até Potočari, e o irmão dela, Ammar, pode acompanhá-la. Você se lembra da Ajan, filha da dona do pequeno trator?

— Tem informações para contar?

— Sim, e ela com certeza repetirá a história dela assim que ela te encontrar. Ela gosta de rostos estranhos.

— Devo admitir que esqueci o rosto dela, mas com certeza vou ouvi-la e tentar me lembrar de suas feições.

. O pequeno trator que costumávamos brincar, pelo qual fui atingido nas costas e quase quebrei a perna. A mãe de Ajan era proprietária dele e alugava-o por cinquenta marcos para algumas das pequenas fazendas. De manhã ela mesma o dirigia para espalhar as sementes de batata, berinjela e cebola. À noite, ela o colocava de volta na garagem suja e dormia. Acho que ela nunca sonhou com nada além de comprar carros pequenos para vender ou alugar. Naquele verão, os sérvios entraram na aldeia de Slavko depois de plantar minas nos campos que a rodeavam. Eles cortaram a água e a eletricidade, então as pessoas se reuniram nos porões. Os sérvios atiravam em tudo que se movia para espalhar o terror.

Pela voz do rádio, que os moradores fazem questão de ouvir, ordenaram às pessoas que ficassem em casa para poderem registrar os seus nomes! Isso foi em 2 de agosto de 1993 e, com base nas instruções da transmissão, o povo ergueu suas bandeiras brancas nas janelas. Os soldados cercaram as casas com seus grandes ônibus e caminhões por todos os lados, trajando uniformes azul-marinho típicos dos sérvios, usando óculos escuros e enegrecendo o rosto. Eles carregaram consigo cintos de bala, facas e rifles leves. Percorreram a aldeia casa por casa... e saquearam tudo... dinheiro, joias, eletrodomésticos, utensílios domésticos e colheitas agrícolas. Ajan e seus irmãos ouviam os gritos dos presos em uma escola perto, implorando para não serem massacrados. Porém, seus apelos eram em vão, ameaçaram os soldados de que reclamariam deles aos juízes internacionais no tribunal Hajo, então os soldados atiraram em cinco jovens de uma vez e os pássaros se espalharam pelo céu.

Enquanto a mãe de Ajan estava encolhida em seu pequeno trator, tremendo de medo e orando a Deus, enquanto enxugava o rosto com uma toalha branca, ela ouviu o gemido do filho do vizinho, que foi massacrado no quintal perto dela, depois que eles estupraram sua mãe e sua irmã de dez anos.

Isso aconteceu diante de seus olhos... Os gemidos permaneceram silenciosos até que eles limparam as facas com as toalhas brancas e depois foram embora. Eles deixaram para trás os ossos, que apareceram no transbordar dos poços, e misturaram-se com campos de batata. Tentaram então, tirar as mulheres de suas casas e levá-las para uma área remota, isolada por fios farpados. Pediram-lhes que caminhassem rapidamente sobre os cadáveres de seus maridos, que estavam espalhados entre os cães latindo e que foram comidos por lobos dias depois da morte. Um corpo foi enterrado, o corpo de um fazendeiro cuja esposa conseguiu desafiar os lobos à noite e o enterrou em sua fazenda. Quanto ao resto dos corpos, foram confiados a um homem de oitenta anos que posteriormente libertaram, e ele começou a carregá-los sozinho em sua velha caminhonete Kia. Ele enterrou uma pilha de cadáveres em um buraco profundo. Ele não teve escolha a não ser anunciar a sua morte um dia após o horror do que viu, mas não encontrou ninguém para enterrá-lo, exceto as presas dos lobos!

As mulheres foram levadas depois de eles espancá-las diante dos filhos, que fecharam os olhos com os dedos trêmulos, insultando-as com piadas obscenas, enquanto esperavam longas horas sob os raios do sol escaldante. Até que outros ônibus chegaram e as levaram para os campos militares. Elas foram divididas entre Bole e Keraterm e foram amontoadas em uma fábrica de vidro que se tornou ponto de encontro de mulheres expatriadas que foram presas de outras áreas e passaram dias sem água e comida. A fábrica ficou lotada e algumas delas fugiram a pé para as florestas vizinhas ou para a Croácia e depois continuaram para as fronteiras da Alemanha, os sérvios não se importaram. Algumas delas preferiram regressar às suas áreas destruídas para reconstruir as suas casas com subvenções concedidas pela União Europeia. Estas subvenções ajudaram a animar algumas almas e um sorriso espalhou-se por elas.

Mas o trator nem uma mão alcançou a chave para fazer soar! Em vez disso, ele começou a se parecer com os rostos pálidos daqueles que vão ao Sanski Most sempre que anunciam novos ossos. Ele se tornou igual a eles, não pergunta sobre o que comiam ou bebiam ou para onde vão hoje ou amanhã. O riso das pessoas desapareceu depois da guerra e escapou dos seus lábios.

Há oito meses, Ajan recebeu os ossos de sua irmã Sveta, e os ossos de sua mãe permaneceram escondidos nas partes do trator, até hoje. Ajan, a garota com o riso fácil, se transforma no meio da noite, enchendo o vazio com lágrimas.

Imediatamente após retornarmos da cerimônia em memória do massacre, ela respirou fundo, depois soltou um longo suspiro, deu um sorriso fraco, e eu a encontrei com o mesmo sorriso. Então ela nos disse que iria publicar seu livro de memórias, que ela intitulou "Com um pouco de tinta entramos na câmara da dor e do desejo."

Faltam dois dias para o sexto aniversário do massacre. Ou seja, em breve entraremos no reino da dor e do desejo! O amanhecer, desta vez, chega mais claro e puro, é como a pele macia depois de uma noite de dor, pensando em como será o amanhã. Era como se os meus pensamentos fossem pássaros, cujos ninhos eram tecidos com fios da escuridão, então eu piscava como pessoas mortas que haviam voltado à vida. Visto as suas camisas, que eles esfregaram com a febre da noite, e as esmagaram em travesseiros pegajosos pelo que escorria de suas bocas. Morri neles e fiquei feliz em sentir o cheiro de terra.

Hoje, transmitiram na rádio e nos jornais notícias de novas sepulturas e convocaram as famílias dos desaparecidos. Iremos até eles e não hesitaremos.

Amina concordou e parou de ranger os dentes. Meus músculos relaxam e meu coração bate rápido. Estou indo até

você, Sabina, ou voltando com você ou de você! Segurei minha respiração enquanto olhava para o longo caminho.
— Ajan vai nos acompanhar novamente?
— Sim, e cópias do seu livro serão distribuídas aos funcionários locais e a alguns jornalistas.
— Vou levantar a foto da Sabina lá, talvez ela me veja!
Eu disse isso em voz baixa e não sei se Amina me ouviu ou não. Eu podia ver o sol nascendo entre as árvores e só estava tentando liberar minha loucura.

Até a manhã seguinte, esperei sem dormir. Tentei deitar sobre o lado esquerdo apesar da dor no ombro, sem pensar nas consequências do que aconteceria. Fiquei preocupado com um cheiro estranho que passava na frente do meu nariz. Era o cheiro da árvore de carvalho que respirava à noite querendo me lembrar que ela estava se escondendo atrás dele. Pulei da cama para alcançá-la, mas na verdade tudo isso foi a quebra do desejo adormecido! Essa pausa não durou até o amanhecer. Nada mais são do que projetos mudos e que não se abrem diante dos meus olhos até as próximas horas. Todos os meus momentos são acontecimentos surpreendentes para mim e a maioria deles não são agradáveis.

Recebi o primeiro enquanto estava sozinho na cela. Naquele momento, estava tomando chá, quando o simpático guarda me informou desse interlúdio: O corpo do seu amigo, Tawhidi Taher, foi coberto com pedras e o enterraram em um vale não desenhado em um mapa. No mesmo vale, à meia-noite, passou por ele um ônibus com uma placa desbotada escrita: "Transportando estudantes", cinquenta pessoas estavam sendo levadas para um destino desconhecido. Seus nomes eram também desconhecidos. Quem sabe Sabina estava entre eles. Eles estavam todos aterrorizados e cansados da estrada sinuosa. Pararam completamente em um posto de controle sérvio. Na verdade, era um ponto de troca de prisioneiros. Eles lhes diziam que estavam a caminho da salvação. Salvação!?

Eu tinha um exército de perguntas e nenhuma resposta. Tenho detalhes chatos sobre aqueles dias, mas não tenho tempo para lembrá-los! Enterrei o que pude e o resto carreguei nas costas. Reorganizo minhas prioridades? Eu tenho prioridade para morrer! Quando criança, ouvi falar da ressurreição e dos seus terríveis horrores, e pensei que estavam exagerando. Só a Bósnia testemunhou isso duas vezes! Foi a morte que desceu sobre nós e ameaçou matar todos os tipos de amor.

Aqui estou frente a frente com a luz da manhã, carregando nos olhos os resquícios da sonolência eterna, sonhando adormecer nos braços de Sabina. Fiquei colado à cadeira que puxei para fora do Café Nova Ponte. O café é propriedade de um sérvio que veio de Srebrenica, que está dividida entre sérvios e bósnios. Não queria tomar café lá, embora tenha cumprimentado o dono pela manhã. Ele me ofereceu um copo d'água e disse:

— Os bósnios não conseguem integrar-se com os sérvios, apesar dos esforços de reconciliação para integrar os dois partidos, você também?

— É uma tolice forçá-los à ideia de convivência tão rapidamente, Almir.

— Vocês amam a Bósnia, tanto quanto nós os traímos!

Levantei-me antes que fosse tarde demais. Agradeci e depois embarquei no terceiro ônibus que partiu hoje de Sarajevo para a região Zvornik, no leste, onde mais de 1.500 pessoas morreram. Hoje eles comemoram isso, enterrando novos corpos. Funerais em massa foram organizados depois que 23 corpos foram descobertos em condições naturais de busca. O tempo passou de forma muito deprimente e Amina não parava de conversar com Ajna. Não pude acreditar como passamos por aquelas aldeias situadas entre as montanhas sem que eu ficasse tenso, e foram elas que me açoitaram com a memória que se anunciava livremente a cada transeunte. Casas que se sobrepõem em tudo, na forma e no caráter dos seus bons moradores. Eles cantam as mesmas canções folclóricas e memorizam a história da poetisa Aiwa, cujo dedo foi cortado pelos sérvios para lhe retirarem a aliança de casamento.

Só aí você pode entender toda a história. Uma equipe de oito especialistas cuida de 58 corpos de uma aldeia para determinar sua identidade. As pessoas esperavam ansiosamente, olhando para o rosto umas das outras e respirando pelo buraco em seus peitos, que se alargava de tristeza até as três horas da tarde. Em 23 de setembro de 1997, tínhamos um encontro com os mártires, reunidos de três valas de enterro comunitário próximas, conectadas entre si. Suas roupas foram tiradas e separadas de seus ossos. As roupas foram lavadas bem até que recuperaram a cor original com que foram enterradas. As espremeram e depois as espalharam de forma organizada num pavilhão desportivo pertencente a um centro de enfermagem. A identificação dos corpos começa com o primeiro passo, as roupas! E quando forem reconhecidas, seus dentes e ossos são apresentados à sua família. O médico faz algumas perguntas, por exemplo:

— Seu irmão era manco?
— Sua irmã estava reclamando de costas curvadas?
— Sua mãe fez uma operação pélvica?

Quando o procedimento é concluído com sucesso, as amostras são levadas a um laboratório de testes em Madri e outro na Suécia, para determinar se há compatibilidade no sangue. Uma grande equipe comparece sempre que um buraco profundo é anunciado! Biólogos, médicos, técnicos, policiais, deputados, investigadores, representantes dos comitês responsáveis por pessoas desaparecidas, tradutores, exploradores de cavernas, escavadores, trabalhadores de remoção de cadáveres, especialistas em minas, especialistas em escalada e cordas, e forças internacionais para protegê-los! Trabalho auxiliado por alguns voluntários locais que viajam com eles para áreas próximas. Entre eles, estava Ajan, que foi muito bem recebida, fato que nos surpreendeu quando chegamos.

Pessoalmente, estava longe de todas as perguntas. Quanto a Amina, não lhe fizeram perguntas. Apesar da abundância de roupas, não havia nada que pertencesse à Sabina, nem que fosse uma única meia.

Um deles, cujo nome era Ibrahimovic, sorriu para os ossos do filho. Ele estava indo assinar os documentos para o restante dos procedimentos, mas chorou muito ao descobrir que as roupas expostas eram totalmente inconsistentes com a altura do filho!

Sua esposa arrancou as calças de suas mãos, depois começou a dobrar as bordas e ergueu-as na frente da equipe, chorando muito:

— Não acredito... Não... Não! Era assim que Ismail costumava usá-las!

Histericamente, ela abraçou seus ossos quebrados. Uma fratura na coxa, as duas últimas vértebras do pescoço e uma fratura no ombro. Ela os forçou a colher uma amostra de seu sangue às suas próprias custas. Então eles fizeram sem qualquer hesitação. Eles enterraram apenas dez corpos que foram identificados de uma só vez, e os demais foram programados para serem enterrados uma semana depois para coletar a maior quantidade possível de amostras de sangue. Entretanto, Ajan continuou a distribuir roupas e a numerar os ossos em sacos especialmente preparados para isso. Amina se viu envolvida em um trabalho semelhante. Por alguns minutos, ela permaneceu revirando os ossos de um jovem que apresentava sinais de tortura. Ela perguntou a Ajan:

— Onde está a testemunha desse crime?

— Testemunhas contam ao tribunal o que viram e recebem uma quantia em dinheiro em troca de qualquer informação que forneçam.

— Você conhece um deles?

— Seus nomes são mantidos em documentos confidenciais. Na verdade, a maioria deles são sérvios e os seus nomes nunca são revelados!

— Então eles estão envolvidos no crime.

— Mesmo que estivessem. Eles nunca confessam e deixam alguma evidência do local da escavação, dando detalhes sobre a localização dos mortos e para qual cova seus corpos foram levados.

Não muito longe de nós, alguém gritou: Tem um sinal! Eles se reuniram em torno dele e um escalador habilidoso desceu até o buraco, que tinha aproximadamente quinze metros de profundidade. Era como um labirinto assustador com seus caminhos sinuosos, contendo água fria e pegajosa, ratos enormes correndo, aranhas e cadáveres empilhados. Algumas roupas e cobertores estavam amassados com lama. Isto era claramente visível nas capas de plástico que os perfuradores usavam quando saíam manchados de fuligem. Eles primeiro saíram com dois crânios completos. Um deles era de um humano e o outro era de um cachorro!

Passamos três dias em Zvornik esperando uma resposta. Dormimos mal. Acordamos às três da manhã de um sonho perturbador. Com os crânios abertos, eles os pararam à força contra a parede e atiraram neles sem chance de escapar. Bonecos de crianças ao lado de pequenos ossos. E pedaços de doces secos. Não podemos mais ser donos de nossas reações. Nós apenas começamos a chorar... Só comemos um pouco. Fumamos muito e olhamos mais para a foto de Sabina do que conversamos.

As aldeias vizinhas carregavam no ventre muitos cadáveres que foram enrolados em mantas no final do ano de 1992 e jogados no fundo da terra para serem esquecidos ou em cavernas para serem comidos pelos lobos e destruídos. Mas como eles podem fazer isso?

Uma quarta vala foi aberta no terceiro dia, horas antes de partirmos decepcionados. Ajan estava agindo como uma especialista em pesquisa e investigação. Ela nos pediu para nos aproximarmos de um cadáver cercado por uma equipe de cinco pessoas. Ela apontou o dedo para o peito do cadáver e disse:

— Olha, a vítima fugiu do alcance do fogo. Mas a bala se alojou em seu peito.

Todos nós olhamos para ela e então o líder deles, Branković Aslan, disse:

— Não importa! Traga o resto dos ossos. Os cinco caixões já estão prontos.

Os caixões foram trazidos de um grande armazém que servia para coletar materiais de construção, mas hoje se transformou em um depósito de ossos e objetos pessoais e às vezes pertences humanos íntimos. Roupas, carteiras, anéis de noivado, isqueiros e fotos pessoais com as datas em que foram tiradas no verso, em Ilija, Mostar ou Zagrebe. Em geral, foram nas cidades mais lindas! Trezentos e trinta sacos plásticos sem prateleiras e cinco orifícios de ventilação. Os corpos estavam caídos no chão de plástico duro e brilhante. Os visitantes vêm todos os dias de todas as regiões da Bósnia e do exterior. Até de Nova York eles estavam vindo. Na verdade, eram parentes das vítimas que muitas vezes baixavam a cabeça e choravam alto. Primeiro, alguns deles desmaiavam. Quando um dos visitantes recebeu notícias de Madri de que as amostras estavam de acordo dois meses depois de terem sido colhidas, ele se aproximou da caveira de sua filha, que estava deitada na décima fila ao lado da sua professora, cujo pescoço brilhava com um colar de pérolas que os assassinos haviam esquecido de roubar! Ele começou a virá-la enquanto chorava:

— Como isso aconteceu com você? Onde estão o resto dos seus ossos? Como você está hoje? No dia 20 de novembro, sua mãe virá da América e marcaremos a data do funeral. Ela tem câncer de pele, meu amor, e seu coração está partido por você.

Fiquei sufocado com o que vi e ouvi, então saí do salão e Amina me seguiu, enquanto Ajan permaneceu lá dentro consolando aquela pessoa quebrada.

O tempo está frio e a neblina mal desaparece. Então a nossa viagem atrasou indefinidamente, o que me deixou ainda mais entediado e irritado. O que podemos fazer além de compartilhar histórias semelhantes que uma vez me levaram a uma pista sobre o desaparecimento de Sabina?

O destino está cortado novamente. Pensei em voltar para Bagelgna novamente e bater em todas as portas de lá. Mas é definitivamente uma ideia maluca. É semelhante à ideia do jovem que foi procurar um isqueiro e perdeu o ônibus da aldeia, que foi submetido à escolha de troca de presos ou matança. Chamaram seu nome, mas ele não respondeu e eles não tiveram tempo de esperar. Na verdade, todos que estavam no ônibus foram presos e levados para a morte.

Não lhes foi pedido que descessem quando pararam numa emboscada sérvia. Soldados obesos e bêbados os esperavam, em troca de pessoas com peso não superior a quarenta quilos, de tanto que haviam sofrido. Eles chamaram um nome. Um deles, segundo uma lista, estava com o motorista do ônibus croata, e eles imediatamente esfaquearam todos individualmente, mas todos no ônibus estavam olhando pela janela para o que estava acontecendo. Quando se cansaram de matar por exaustão e embriaguez, reuniram os vivos em um curral após espancá-los enquanto riam obscenamente em seus rostos trêmulos:

— Suas vacas. Suas ovelhas. Onde está Deus?

O jovem está triste porque ainda não sabe o paradeiro dos seus familiares falecidos nem o destino dos sobreviventes. Também suspiro e procuro um fósforo para acender um maço fino de cigarros. Mas não consigo encontrá-lo. É como se estivesse entrando no mar?

Tudo dentro de mim derreteu, Ó Sabina, derreteu...! Tudo o que tenho que fazer é colocar uma pedra na boca!

Mesmo aqueles que tinham certeza de sua morte era muito difícil obter seus ossos. Os bósnios foram transferidos da Srebrenica para os locais de execução em julho de 1995. Imagens de satélite mostram o que aconteceu antes do massacre, o que significa que tudo foi planejado e com a permissão do Tribunal de Haia. Imagens precisas obtidas de uma vista aérea em 13 de julho mostraram ônibus transportando um grande grupo de presos que aguardavam execução no campo de futebol de Nova Kasaba. Tudo isso não ajudou em nada a salvá-los pois já era tarde demais! Como é que vivo com metade de um rosto cuja sombra me segue por toda parte e mal consigo captá-la. Não sei quanto tempo passei carregando uma mala pesada e andando pelos labirintos do meu destino. A mala ficava maior cada vez que Amina dava um tapinha no meu ombro e dizia: Vamos continuar. Não desista!

Sento-me na calçada aqui ou ali para recuperar o fôlego e reunir mais determinação.

Amina desempenha o mesmo papel. Ela se aproxima de mim e olha nos meus olhos, suas mãos estão vazias e ela mal consegue pronunciar uma palavra como se quisesse dizer:

— Deixe vir a sua tristeza, pois se ela não for convidada para a festa, ela vem para brindar, para preparar os dados e lançar a última sorte decepcionante das suas horas restantes... convidemos todos os nossos amigos, mesmo os piores. Steppe, por exemplo, e sua esposa, Mira! Deus conhece o sabor das lágrimas que derramamos juntos. Eu conheço seu assassino, Beijaman! Mas não tenho nada a dizer sobre você. Você veio ouvir os passos dela enquanto ela atravessava a rua sem você. Mas você não atravessou, o sinal estava vermelho e ela te precedeu em alguns segundos!

Dei alguns passos até uma pequena nascente de rio e Amina me seguiu, e Ajan juntou-se a ela depois de tirar o jaleco branco. Deixei-as perto de mim, conversando por alguns minutos. Terminei de fumar os cigarros restantes enquanto sentia o cheiro de café que emanava de uma barraca próxima.

— Ah, Amina, você sabe quantas horas difíceis passamos hoje. Amanhã, às três da tarde, teremos uma reunião com o diretor do Centro de Crimes de Guerra em Sarajevo. Existem crimes documentados em vídeos gravados pelos próprios sérvios.

— O que ele poderia oferecer sobre Sabina?
— Você só se preocupa com sua irmã?!
Amina gritou com raiva:
— Isto é tudo o que me resta da minha família, Ajan. Você não entende isso?
— Peço desculpas... compreendo, chegaremos inevitavelmente à verdade, por isso devemos aproveitar qualquer oportunidade para inspecionar as pessoas desaparecidas, quem quer que sejam e onde quer que estejam.
— Você distribuiu cópias do seu livro?
— Absolutamente. Mas não como devia.
Amina deu um meio sorriso. É a primeira vez que ela sorri desde viemos aqui:
— Não dormimos bem desde 1992, embora o verde rio Sava esteja fluindo.
— Sim, não somos mais tão corajosos como costumávamos ser. A imagem de Milošević rodeia-nos, entre os altos carvalhos, e ainda temos medo de passear pela floresta. Odiamos ficar no Monte Kozarats, pois nos lembra daqueles que fugiram e foram mortos lá.
— Tenho uma amiga da aldeia de Smizovac que procura a irmã Elma, que estava visitando a casa do avô em Sarajevo, por isso fugiu sozinha. Sua mãe tentou falar com Elma, mas ocorreu uma explosão na ponte, impossibilitando alcançá-la. Ela acabou indo para a Suíça.
Minha amiga agora não sabe onde está Elma, que agora tem nove anos. Ela e a mãe estão conosco hoje, vieram da Suíça e ainda não encontraram nenhuma evidência.
— Eu entendo... Não estou sozinha!
— Não se preocupe, Amina. Deve haver um túnel de onde você possa ver a luz, ou se eles quisessem cavar, mesmo com uma agulha, eles o farão.
— Túnel? Parece o rosto de Dobrina ou especificamente como um soldado em Potimir. Sarajevo foi sitiada e os inimigos bombardeavam constantemente este corredor. Ao usar o túnel, houve muitos mortos e vítimas. Eu pareço com eles!

— Não seja tão pessimista! Não se esqueça que eles estavam de casaca comemorando dentro do túnel. Armas, sacos de farinha, heróis, mártires e feridos passaram por ele, e através dele Sarajevo foi vitoriosa. Até os noivos, Amina...
Amina sorriu novamente. Sim, li e ouvi muito sobre este estranho túnel. O incidente dos noivos é inesquecível: Alvear Spahić veio a Khorasnesa de terno, gravata e sapatos. O túnel estava cheio de lama e o nível da água estava muito alto, mas ele passou pelo túnel e levou a noiva com ele. Acho que ele a carregou nas costas enquanto ela usava o vestido de casamento. As pessoas ficaram felizes com o que ele fez enquanto eles passavam pelo túnel.
Percebo que Goran estava parado ao meu lado. Ele também foi gentil conosco. Ofereci-lhe um cigarro, mas ele recusou, dizendo:
— Hoje fumei tantos cigarros quanto o número de cadáveres! Então isto é o suficiente...
Ele rapidamente nos convidou a levantar e entrar no ônibus. Temos que voltar para Sarajevo agora mesmo.

•———•◈◇◈•———•

Não fui ao Centro de Crimes de Guerra em Sarajevo como planejado. Em vez disso, eu estava em um encontro com meu funeral, que preparei bem e fiz um grande esforço para concluir tudo o que havia planejado. Inclusive os lábios da Sabina, que vão inundar meu rosto de beijos...! Amina me ligou mais de uma vez e eu não respondi. Eu estava mentalmente ocupado. Ajan fez o mesmo. O estranho é que o destino não sugeriu que nenhuma delas descobrisse esta minha perigosa decisão. Então ninguém veio bater na porta, por exemplo, mas me deixaram sozinho para prever o destino de Sabina.
Viverei muito tempo para ver o sofrimento do genocídio étnico, o qual empilha-se nas prateleiras em grandes volumes, que folhearei todos os dias sem me entediar. Viverei muito para ver a Bósnia doente na cama. Eu cuidarei dela, e

isso significa que vou limpá-la bem do cheiro da urina, fezes e de todo o resto também, para ver como nascem os canalhas do ventre das prostitutas. Viverei muito para ver como a rosa sobe entre o arame farpado e se torce. Não anunciarei minha morte nem minha vida. Vingarei esta espera em vão e farei como Sabina fez comigo.

Vou fingir que morri na frente de todos sem saber a localização do meu túmulo, enterrado num cemitério chamado eu. Recitarei Al-Fatihah para minha alma antes de dormir todas as noites, mas sem me enterrar no chão! Como farei isto se a Sabina ainda não me encontrou? Ela também ainda não recebeu os beijos, nem enxugou minhas lágrimas entre as linhas dos seus seios, nem amorteceu a faísca da minha respiração. Tudo isso exige escrever mais volumes e colocá-los nas prateleiras. Eu fumava muito e pensava em subornar os pássaros para que virassem uma árvore que não morresse, mas temia que o vento arrancasse meus dentes enferrujados pelo fumo. Devo subornar a morte para se transformar em um demônio vigilante?! Boa ideia, Beijaman. Pelo menos há uma vida silenciosa e posso continuar lá embaixo sem barulho.

Meu telefone também não tocou. Me acalmei e disse que estava tudo bem. Procurei na caixa de mensagens do telefone e não encontrei nenhuma mensagem deixada. Enterrei-o debaixo da almofada da cadeira que costumo colocar em frente à janela e comecei a preparar um chá forte para empurrar o doce que estava secando desde ontem.

Minha cabeça está pesada e mal consigo ouvir o toque de uma mensagem curta que recebi em voz baixa que me impossibilitou de terminar o doce. Abri meu telefone e encontrei uma pequena mensagem que recebi do meu amigo iraniano Ihsan. O que o fez lembrar de mim neste momento específico? Incrível! Na mensagem, ele escreveu:

"Meu amigo teimoso. Como vai você? Há muito tempo perdi seu número de telefone bósnio e agora o encontro em um pedaço de papel dentro de um livro. Espero que você tenha sua amiga Sabina. Acredite em mim, isso também vai me confortar. Gostaria de vos dizer que abri um centro de investigação e estudos políticos, que trata dos assuntos europeus e publica uma revista trimestral. Seu lugar está reservado no centro e estamos esperando por você... Ah, esqueci de contar que visitei os túmulos de sua mãe e de seu pai há alguns dias. Pareciam secos e que ninguém os visitava. Então reguei e plantei duas mudas nelas. Não esqueça que minha casa está aberta para você. Minhas orações, meu amigo "teimoso bósnio".

Não enterrei o telefone debaixo do travesseiro, mas senti que precisava enterrar a mão sob a forte neve que caía. Fiquei arrepiado, estava rodeado de vida mais do que deveria! Minha força ainda não falhou. Aproximei-me da janela para enterrar os dedos trêmulos no casaco. Não sei como meus passos me conduziram, ainda tenho um pouco de força, então a paciência permaneceu em meu peito todo esse tempo. Não toquei no lenço que costumava guardar no bolso esquerdo, errei o bolso externo e coloquei no bolso interno, e Sabina saiu para mim. Ela olhou para mim com reprovação ou raiva. Eu não poderia dizer o que ela quis dizer com o olhar em seus olhos. Como se ela quisesse dizer:

— Vocês pensaram que nunca mais me veriam!

Incrível. Será que Amina também pensava assim? Quer dizer que não vai durar mais um ano? E que em breve voltarei para Teerã sem sequer encontrar Amina para me despedir dela? Talvez Amina pensasse assim. Com o desespero que começou a dispersar a ideia da impossibilidade de viver sem a irmã? Caso contrário eu não teria saído naquele momento! Preciso levar essa foto sempre no bolso, todos os dias verifico para ter certeza de que ainda está no lugar. Ela saiu ao mesmo tempo que o sino da igreja do antigo bairro tocou. Sua voz martelou em meus ossos. Lembrei-me do dia em que os sérvios massacraram os seus mortos em nome de Deus!

Beijei-a longamente na boca, depois disse-lhe:

— O teu amor é necessário para exumar o último corpo bósnio!

Coloquei-a de volta no meu casaco. Então levantei um pouco a cabeça, o céu estava claro, mas sem pássaros. Olhei para os transeuntes abaixo da minha janela. Assalariados andando e vendendo de tudo, jovens se exercitando e outros se barbeando enquanto esperavam na rodoviária central. Tem uma pessoa que me parece um estranho, notei que ele diminuiu o passo como se estivesse sentindo o lugar pela primeira vez. Como se ele fosse um amante traído que tivesse sido salvo da vida mais de uma vez. De repente, as pessoas se reuniram ao seu redor quando ele pegou seu violão e começou a tocá-lo. Não o notei carregando-o nas costas. Há pessoas mortas saindo com a minha respiração que eu perdi enquanto o ouvia. Estava claro lá fora e eu estava me afogando na escuridão interior. O som não era exatamente claro, mas observei-o com atenção.

Meu vizinho, aquele de bigode grande e sorriso cinza, no quarto de frente do meu, também colocou a cabeça para fora. Com meu olhar curioso, ele também se afogou. O cantor terminou seu quarto verso, então reuniu seus grunhidos e sumiu no beco. Assim que fecho a janela, sou um grito escondido entre esses mundos. Tive medo de que Amina me visitasse de repente antes que eu conseguisse virar a cabeça. Fechei minha janela para que ninguém pudesse me ver ou ouvir. Tive medo de que alguém ao abrir o caixão de seu filho, que enterraria daqui a cinco anos, me dissesse:

— De onde você tira toda essa paciência?

Eu não posso responder a ele. Tenho duas lágrimas que queimam desde sempre.

No entanto, sorrirei para ele como a morte que não desaparece. Tocarei na palma da mão e direi:

— Quão larga é esta palma!

Pensei em bater um tambor para que ela me ouvisse, mas voltei a ter medo das pessoas vivas que se reuniriam ao meu redor. Esvaziei tudo em meu coração para reorganizar minha morte. Como ela começaria nesta escuridão longe dela?

"Eu a quero só para mim". Repeti essa frase em voz baixa porque estava com medo de morrer sem ela.

•────────•⟨⟩•────────•

Meu telefone tocou duas vezes, mas não atendi, seguido por um tom de mensagem que não diminuiu. Certamente, era de Goran, que me disse há poucos dias que uma sepultura com capacidade para 27 corpos será aberta na área Ahmici, perto de Sarajevo, a oeste. Ele me disse literalmente que o Tribunal Internacional de Haia estava procurando o criminoso que supervisionou o massacre, Tihomir Blaškic, e que o prenderiam em breve! Eu estava farto dessas bobagens repetitivas e preferi permanecer rígido no meu lugar. O tom se transformou no barulho de facas com que esfaquearam o corpo de Sani Iborovic, de 61 anos. Goran conheceu sua irmã em Ahmechi. Ela perdeu a mãe há oito anos e seu pai foi internado em um hospital psiquiátrico no início do cerco até morrer. Depois de alguns dias, eles encontraram o corpo da mãe dela perto da escola, a qual os sérvios transformaram em um grande bordel. O importante é que o pai dela realmente morreu, mas eu ainda estou respirando. Caramba! Ainda não estou morto.

Um copo d'água estava em uma mesa próxima, mas minha mão não o alcançou. Parecia que eu não me importava em perder a sede depois de derramar todas aquelas lágrimas no rosto.

Nunca foi um assunto espontâneo. Como todas essas pessoas podem se unir para me pedir ao mesmo tempo? Sabina, Ihsan, Amina, Goran e até a bebê Sanny! O que elas querem de mim? Sou um verme duro e não consigo responder a nenhuma delas, exceto Sabina.

E se a pequena Sanny ressuscitasse de sua pequena morte e aparecesse diante de mim? Eu a descrevo como pequena porque quando visitei a Tchecoslováquia e entrei em sua igreja, que estava decorada com os ossos e crânios de 40 mil vítimas da Inquisição, sua mandíbula pronunciou e me indicou que ela estava com sede e que todos no corredor de caveiras estavam com fome. Ninguém me observou quando eu coloquei na boca dela a garrafa de água que carregava e passei na boca dos crânios, um por um. Câmeras de vigilância não me pegaram...!

Em ambos os casos, eu estava chorando de lembrar! Lá ou aqui, a sensação das caveiras não é diferente. Sanny acordou da sua morte e será acompanhada amanhã por Goran e pela equipe médica ao cemitério para o enterro final, onde será lembrada de sua mãe, Momira, que foi capturada por gangues sérvias quando estava no nono mês de gravidez. Ela tinha ficado com o marido e duas filhas na aldeia. Entraram em casa com um croata, amigo de seu pai.

Ele próprio era o baterista nos casamentos da aldeia! Desta vez, eles estavam armados, pareciam vampiros. Eles cortaram as veias da mãe com uma faca enorme, depois foram até sua única sobrinha e a estupraram na frente de todos antes de matá-la também. O pai dela repetiu os apelos ao amigo para que permitisse que a esposa fosse ao hospital para verificar o estado do feto e, em vez de responder aos fervorosos apelos, separaram os cônjuges. Em seguida, levaram a mãe ao café de um restaurante abandonado para estuprá-la. Ela sofreu um sangramento grave, mas um deles a levou para a cozinha. Depois de estuprá-la, ele a levou para um segundo quarto, onde lhe mostrou uma série de facas e pediu que ela escolhesse com qual matá-la! Ela resistiu aos golpes na barriga com a ponta da arma dele, mas cedeu e escolheu uma das facas. Esse monstro foi além e pediu que ela escolhesse onde iria abortá-la, da barriga ou pela vagina...!

Tudo isso através da minha imaginação, que aumenta a obscenidade da guerra e a miséria do destino de Sabina. Na grama, se deu o nascimento de sua filha, Khadija, a quem uma velha croata que veio ajudá-la deu o nome. Ela cortou o cordão umbilical, carregou-a e colocou-a em uma incubadora com outras quatro crianças. Khadija não respirou por muito tempo. A morte veio com ela para confortá-la, quando a artilharia sérvia bombardeou os arredores do hospital e alguns projéteis caíram sobre o lugar. Imagino a mãe correndo para a incubadora, encharcada de sangue.

    Digo para mim mesmo: ali vi cinco crianças cujos ossos decoravam o batente da porta do pequeno salão da igreja. Eles não me pediram água. Eu havia falhado com eles e percebi isso quando comecei a chorar em um pátio próximo, onde turistas lambiam casquinhas de sorvete!

    Eu não estou bem. Mal me lembro como foi o último dia que passei em Sarajevo, carregando o espírito de Sabina na alma. Estou agora em Dolat Abad, Teerã, especificamente na Praça Dome, segurando na mão um maço de papéis de algumas das matérias que escrevi sobre minha última viagem. Há um amigo eterno chamado Noman Shawkat que irá traduzi-los para o árabe. Atravessei a rua como se estivesse pulando entre a fumaça e os sons dos motores das motos que me incomodavam. Encontrei-me diante do Abu Ali, um restaurante iraquiano de kebab próximo a uma imobiliária de propriedade de Noman, ele a chamou de Residência de Akbari. A atmosfera geral de Dolat Abad combina comigo e combina com Sabina também! A nostalgia é o primeiro endereço de todos que seus olhos encontram ali. Como não seria, quando o trem da vida passa, e os líderes de muitos já partiram e ainda aguardam um retorno desconhecido para uma pátria que amaram e que com eles se misturou. Mas eu não tinha nem um nem outro. O pensamento ganhou a estabilidade da minha posição, e eu permaneci num estado de hesitação, forçando o movimento de um pé que queria fugir com ela, para ela e dela, enquanto o outro, que queria ser amarrado na ilusão, se atrasava!

    Pedi um prato de kebab, comi um espeto e deixei o resto esfriar. Eu não bebi chá nem fumei! Só pensei em quem passaria por ali e me lembraria dela numa manhã em que o sol estava menos quente que o normal em novembro.

Eu disse a ele espontaneamente enquanto ele abria os braços e pressionava meus ombros magros.

— O resultado final é certo: muito fraco e vertiginoso. Duas mil horas de dor e turbulência.

— Não importa, meu amigo. Você definitivamente a encontrará, contanto que se lembre daquela noite em que foi libertado após 2.300 dias.

— Como eu poderia esquecer isso?

Ihsan despejou suas palavras em meu coração ao se despedir de mim:

— Agora, para onde estamos indo, amigo?

Ele me empurrou para trás com o punho e disse:

— E aí, cara? Dê o que você tem e seja forte. Não se esqueça, hoje à noite o encontro do grupo será na minha casa.

Ele me ofereceu um cigarro barato e não hesitei em aceitá-lo. Terminamos a sessão, que incluiu algumas perguntas e respostas rápidas e breves. Eu estava ocupado olhando para dentro de mim enquanto a minha alma evaporava com a fumaça. Eu estava a uma distância de tempo que não me lembrava do esquecimento. Quase leio cada palavra escrita, e com cada palavra me culpo por não ter falado tudo como deveria, ou pelo menos tudo que vi ali com precisão...!

A minha história não me diz respeito apenas, embora viva no meu coração, e não gosto que os outros me entendam mal. Sabina é uma cicatriz no coração e no corpo da Bósnia.

Uma brisa fria passou anunciando uma chuva densa. Tentei respirar fundo, mas parei rapidamente depois de alguns segundos. Meu peito estava cheio de pedras! Agarrei a traqueia quando uma mensagem de Amina veio de repente, mas também tudo mudou com a primeira palavra que ela escreveu: "Olá... Olá...". Fiquei confuso, como se alguém sentisse que uma chuva forte ia cair, mas não sabia exatamente quando... Em poucos segundos, sua mensagem de voz estava chegando até mim com sua voz trêmula:

"Olá, Beijaman. Reserve uma passagem para Sarajevo com urgência. Esperarei por você". Entre a ligação e a mensagem, eu estava prestes a soprar a última fumaça venenosa em meu destino vacilante com Sabina.

Eu só queria que esse destino me desse a oportunidade de deixar a vida como saio de um banquete, sem sede nem bêbado! A sua ausência não pode terminar apenas com um monte de terra sobre os ossos. Pelo contrário, é uma ferida aberta que me domina até o último suspiro de vida. Eu estava nervoso e corri descendo pelo prédio para alcançar uma jovem que apareceu na escuridão no final do beco e depois desapareceu. Seu xale cobria metade de seu rosto branco. Ela carregava uma menina loira quieta e que não chorava. Ela estava correndo como se quisesse alcançar algo que temia perder! Rolei em direção a ela como uma pedra de uma montanha. Eu podia ouvi-la ofegante, mas mal conseguia vê-la. Quando cheguei ao meio da estrada que atravessamos pela primeira vez com Ibrahim, disse com voz fraca:

— Qual é o sentido de seguir em frente quando mantenho minha cabeça atrás?

Quanto a Noman, parece-lhe que a dor e a tragédia da busca que me assombra não passam de brasas que se apagaram com o tempo. Foi assim que o vi virando as páginas do relatório como se a história tivesse terminado. Ele não percebeu que eu sentia minha dor como brasas queimando até a ponta do dedo mínimo do pé. A dor não me abandonou desde que a beijei pela primeira vez, então anotei, embora ainda não saiba quem é a pessoa desaparecida que procuro:

Será que sou eu?

6
A penalidade

"*Não são flores que você vê acima dos túmulos. São lágrimas das mães que cultivaram todas essas flores.*"
— Fadila Ademovici

"*Os muçulmanos da Bósnia sempre foram, e ainda são, amigáveis e tolerantes... eu digo-lhes: desculpem-me, vocês são inocentes.*"
— As últimas declarações do assassino sérvio Stredko Demjanovic antes de ser julgado pelo tribunal militar em Sarajevo e condenado à morte em março de 1993

Lembro-me exatamente do que o imã da boa mesquita nos dizia. Naquela época eu tinha dez anos. Ele costumava repetir: "Deus dá trégua e não negligencia". Eu não diferenciava entre dar trégua e negligenciar. Em vez disso, eu não estava interessado. Eu só pensava na bicicleta que meu pai me prometeu quando eu fizesse a oração de sexta-feira e ouvisse o pregador. Penso na fruta que levaria na bicicleta para a mãe de Sabina para poder vê-la. Hoje, ninguém pode ousar a me pedir para fingir que não estou sofrendo de dor ou ignorar uma pequena imagem do fim do mundo, a que vivo sozinho, diante de uma enorme visão de mortes em massa, empurrando a esperança com dor e sofrimento.

Sim, apesar de tudo, não posso condenar o sol quando ele se põe, deixando a poeira da eternidade nas minhas cortinas. Porque a vida é uma mistura de eventualidades possíveis e outras inesperadas. A minha consciência do destino dos criminosos durante e depois da guerra me leva a resistir a parar diante do que estava me destruindo, aqueles criminosos que escaparam do meu alcance para que eu pudesse estrangulá-los em meus sonhos. Então eu lhes conto o que o destino fez e o que as notícias relataram sobre eles, para aliviar algumas das feridas e algumas das incapacidades. Para pelo menos encontrar uma desculpa para escrever sobre minha amada:

Criminoso nº 1
Radovan Karadžić

"O povo de Sarajevo não será capaz de contar os seus mortos, mas somente poderá contar os seus vivos", declarou Radovan Karadžić, o líder dos sérvios da Bósnia, enquanto discursava no parlamento bósnio na noite de 14 e 15 de outubro de 1991, em clima frenético para anunciar: Soberania da República, o que significa que as leis da República têm prioridade sobre as leis da Iugoslávia.

Radovan Karadžić, por 13 anos esteve foragido da justiça, desde 1995 até 21 de julho de 2008, e o governo dos Estados Unidos havia oferecido uma quantia de cinco milhões de dólares como recompensa por quem fornecesse informações que levassem à prisão dele e de seu assessor, Ratko Mladić. Ele estava na lista dos acusados pelo Tribunal Internacional de Crimes de Guerra, com sede em Haia, por cometer crimes de guerra durante a Guerra Civil Iugoslava, que eclodiu após a queda da União Soviética e o desaparecimento do equilíbrio que dominava a região. Documentos sérvios emitidos pelo governo belga indicaram que ele foi preso na Sérvia na segunda-feira, 16 de julho de 2008, enquanto estava em um ônibus na capital sérvia, onde carregava papéis e uma carteira de identidade falsa.

Mais tarde foi revelado que Karadžić trabalhava numa clínica privada, escondido sob cabelos brancos e uma longa e espessa barba branca, portando documentos de identificação falsos e vivendo uma vida quase normal, alegando ser um homem não sérvio, trabalhando no campo da medicina alternativa, aproveitando sua formação médica, e passando a se chamar Dr. Darajan Babic! Radovan foi interrogado perante um juiz sérvio após a sua prisão. Ele então compareceu perante o Tribunal de Crimes de Guerra em Haia em 16 de outubro de 2012. Seu julgamento começou sob a acusação de cometer crimes contra a humanidade durante a Guerra da Bósnia. Neste julgamento, Karadžić enfrentava quatorze acusações de crimes cometidos contra a humanidade durante a Guerra da Bósnia. Entre eles, o famoso massacre de Srebrenica, no qual milhares de muçulmanos bósnios foram mortos, e a deportação de dezenas de milhares de croatas num processo de limpeza étnica para estabelecer um Estado sérvio na Bósnia. Não acabou tudo ainda...!

O Tribunal Penal Internacional anunciou a absolvição do assassino sérvio, Radovan Karadžić, que cometeu massacres em massa contra muçulmanos em 1992. Naturalmente, os familiares das vítimas da Guerra da Bósnia opuseram-se a esta decisão, e os familiares das vítimas consideraram esta absolvição como um presente do Tribunal Internacional para os Sérvios no seu dia nacional! Como disse Bakira Hasečić, presidente da Associação de Mulheres Afetadas pela Guerra:

"Eles ficaram surpresos quando ouviram esta decisão, e o tribunal, com a sua decisão, considerou Karadžić certo em matar os muçulmanos da Bósnia". Hasečić acrescentou: "A comunidade internacional fez vista grossa aos massacres da Bósnia em 1992 e agora perdoa o que foi cometido lá contra os muçulmanos". Quanto à Fadila Mamišević, presidente da União das Pessoas em Risco, ela anunciou que esta decisão judicial é um insulto a todas as vítimas das guerras.

Criminoso nº 2
Slobodan Milošević

Ele compareceu perante o Tribunal Penal Internacional em Haia em 2001, onde Milošević permaneceu durante anos, transitando entre a prisão, o tribunal e o hospital. Em todas as sessões de julgamento, ele zombou dos seus juízes, não reconheceu a legitimidade do tribunal e recusou-se a nomear um advogado em seu nome. Em 11 de março de 2006, ele foi encontrado morto no centro de detenção onde estava detido em Haia.

Criminoso nº 3
Ratko Mladić

Ele foi acusado pelo Tribunal Penal Internacional da antiga Iugoslávia de cometer genocídio étnico e crimes de guerra contra a humanidade, sendo responsável pelo Cerco de Srebrenica, o maior assassinato em massa conhecido na Europa após a Segunda Guerra Mundial. Estava foragido da justiça desde 1995. Os Estados Unidos da América e a Sérvia prometeram uma recompensa no valor de cinco milhões de dólares a quem fornecesse informações que levassem à detenção de Mladić. Em outubro de 2010, o valor do prêmio aumentou para dez milhões de dólares. A Sérvia solicitou assistência à Interpol para localizar este fugitivo e a sua prisão foi considerada uma condição necessária para a entrada da Sérvia na União Europeia. Mladić permaneceu fugitivo durante dezesseis anos até ser preso na quinta-feira, dia 26 de maio de 2011, na aldeia de Lazarevo, no norte da Sérvia, disfarçado sob o nome de Milorad Komajić, quando três unidades especiais atacaram uma casa em Lazarevo que fica a 80 quilômetros a sudoeste de Belgard, perto da fronteira com a antiga Romênia.

Não acabou tudo ainda...!

Nem todos os criminosos foram capturados ainda.
Alguns deles estão sentados num canto distante de cercado de porcos, comendo com a mão que havia cortado pescoços e respirando com um ronco pesado. Enquanto os mortos acordam todos os dias, assim como os famintos acordam cedo...!

Não acabou tudo ainda...

> *"E não pensem que Deus não está ciente do que os malfeitores fazem. Ele apenas atrasa até o dia em que o discernimento será revelado."*
> — Surah Ibrahim (O Sagrado Alcorão)

TIPOGRAFIA:
Rextions (título)
Untitled Serif (texto)